나는 삶을 말하는
교사입니다

나는 삶을 말하는 교사입니다

초 판 1쇄 2024년 06월 14일
초 판 2쇄 2024년 06월 27일

지은이 안기종
펴낸이 류종렬

펴낸곳 미다스북스
본부장 임종익
편집장 이다경, 김가영
디자인 임인영, 윤가희
책임진행 이예나, 안채원, 김요섭

등록 2001년 3월 21일 제2001-000040호
주소 서울시 마포구 양화로 133 서교타워 711호
전화 02) 322-7802~3
팩스 02) 6007-1845
블로그 http://blog.naver.com/midasbooks
전자주소 midasbooks@hanmail.net
페이스북 https://www.facebook.com/midasbooks425
인스타그램 https://www.instagram.com/midasbooks

© 안기종, 미다스북스 2024, *Printed in Korea*.

ISBN 979-11-6910-680-1 03810

값 18,500원

미다스북스는 다음세대에게 필요한 지혜와 교양을 생각합니다.

교사와 학생이 만드는 삶의 이야기

나는 삶을 말하는
교사입니다

| 안기종 지음 |

미다스북스

2장

삶의 다양한 관점을 말하다

그래, 아이들은 흘러오는 물과 같구나

1

책을 쓰겠다고 마음먹었을 때 가장 먼저 한 일은 그동안 인상 깊게 읽었던 책들을 꺼내놓는 것이었다. 하나둘 쌓다 보니 책 높이가 내 키만 했다. 나는 한 권씩 펼쳐 프롤로그를 차근히 읽어봤다. 저자가 왜 책을 쓰기로 마음먹었는지 궁금해서였다. 조지 오웰, 알베르 카뮈, 이오덕, 신영복, 고병권, 홍은전, 이계삼, 신형철 등등. 누구는 문학과 예술이 시대와 관계 맺는 방식을 논하고, 누구는 다양한 삶의 관점과 통찰을 말하고, 또 누구는 시대가 외면하는 목소리를 전하고, 그리고 누구는 환경과 아이들이 걱정되어 책을 썼다.

순간 나의 책 쓰기가 하찮게 느껴졌다. 출간을 한다는 것은 그 주제와 내용이 무엇이든 공적 말하기의 성격을 갖는다. 그런데 나의 글들은 그저 한 평범한 교사의 시행착오를 적어놓은 일기장에 불과하단 생각이 들었다. 아울러 나의 교사로서의 진실 말하기가 '살아온 대로 말하고, 말한 대로 살아야 한다.'라는 교육의 서판에 흠집을 내는 것은 아닐지 걱정도 됐다. 그럼에도 불구하고 감히 용기를 내보기로 했다. 내게도 나름 책을 써야 할 이유가 있기 때문이다.

30대 초반 교사가 되고 처음 5년간은 정말 학교와 아이들밖에 모르고 살았다. 1년 365일 중 300일 이상을, 평일이건 주말이건 가리지 않고 학교에 있었다. 교사로서 그게 당연한 건 줄 알았다. 그러던 어느 날 정년 퇴임을 앞둔 원로 선생님과 술자리를 갖게 되었다. 후배 교사들과 제자들에게 존경받던 분이셨다. 그분은 얼큰하게 술에 취하자 취중 진담을 하셨다.

"안 선생, 아이들은 흐르는 물과 같아. 잡으려야 잡을 수가 없어. 그러니 너무 애쓰지 마. 그러면 교직 생활 오래 못해. 당신 자신에게 좀 더 신경을 써."

선생님의 의중을 잘 알기에 감사하다고 말씀드렸다. 그러나 속으로는 나는 다르다고 자신했다. 나는 물도 붙잡아 둘 수 있다고, 언제든지 물의 흐름을 되돌릴 수 있다고 생각했다. 교사의 문제를 아이들이나 환경 탓으로 돌리는 것은 나약한 변명이라 치부했다. 그리고 이를 증명하기 위해 더 학교 일에 몰두했다.

그렇게 몇 년을 애면글면 지내다 문득 고개를 들어보니 비슷한 시기에 임용됐던 또래 선생님들은 결혼하여 가정을 꾸리고 자녀를 출산하며 인생의 다음 단계로 나아가고 있었다. 그리고 원로 선생님의 말씀대로 아이들은 어김없이 먼 바다로 흘러갔다. 허무함이 밀려왔다. 다른 건 몰라도 교사로서의 삶만큼은 누구 앞에 서더라도 떳떳하다고 자부했는데 막상 나의 교직 10년을 증명해 줄 눈에 보이는 물리적인 증거가 없다는 사실이 서글펐다.

이런 감정을 지금 만나고 있는 아이들에게 보여줄 순 없기에 억지로 웃으며 밝은 표정을 지었다. 하지만 아이들은 어른들이 생각하는 것보다 훨씬 섬세해서 애써 감춘 나의 속마음을 금방 알아차렸다. 그럼 나는 잘못을 하다 들킨 사람처럼 얼굴이 빨갛게 달아올랐고, 가뜩이나 기숙학교 생활로 힘든 아이들에게 우울한 감정을 전가한 것 같아 미안했다.

이 와중에 교육 현장에 관한 안타까운 소식들이 언론매체를 통해 보도되기 시작했다. 오랜만에 만난 교사 지인들도 한결같이 자신이 근무하는 학교에서 벌어진 사건들을 이야기하며 살을 붙였다. 특히 좋은 교사의 삶이 무엇인지 가르쳐준 한 선생님의 "안기종 선생님, 일반고는 거의 무너졌어요."라는 말은 가뜩이나 허무함에 사로잡힌 내게 큰 충격으로 다가왔다.

내가 근무하는 학교는 일반고이긴 하지만 전국에 있는 군인 자녀와 경기도 일반 자녀 가운데 여러 면에서 우수한 학생들이 들어오는 곳이기에 일선 고등학교 현장에서 교사 동료들이 체감하는 위기감보단 그 강도가 훨씬 적은 게 사실이다. 그러나 시차가 있을 뿐 어떤 문제는 반드시 중심부에서 부터 변방으로 이동하는 법이고, 시대를 막론하고 큰 사건의 징조는 항상 학교 현장에서부터 드러난다고 믿기에 남 일 같지 않았다. 그러다 보니 더욱 교사로서의 정체성에 대해 고민하게 되었다.

그래도 다행인 것은 내가 한문 교사라는 점이었다. 삶의 정수가 담긴 한문 구절들은 흔들릴 때마다 붙잡고 다시 일어설 수 있도록 동아줄이 되어 줬다. 이번에도 마찬가지였다. 항상 그랬던 것처럼 『논어』 속 구절 하나가 하늘에서 불쑥 내려왔다.

공자께서 냇가에서 말씀하시길 "가는 것이 이와 같구나. 밤낮을 멈추지 않고 흘러가는구나."라고 하셨다. (『論語』「子罕 16」 子在川上曰 逝者如 斯夫, 不舍晝夜.)

공자께서 냇가에 서서 흘러가는 물을 보며 하신 말씀이다. 이 문장은 크게 두 가지 의미로 해석한다. 하나는 인생의 무상함 또는 세월의 빠름이다. 시간은 흐르는 물과 같아서 잡으려고 해도 잡을 수 없으며 눈 깜짝할 사이에 빠르게 지나간다는 말이다. 이렇게 해석할 경우 삶의 회한과 허무가 짙게 깔린다. 다른 하나는 학문을 하는 자세 또는 삶을 대하는 태도이다. 자연 안의 모든 것은 흐르는 물처럼 끊임없이 움직이니 배우는 사람도 저 물처럼 밤낮으로 그침 없이 학문에 최선을 다하라는 말이다. 이때는 삶의 의지와 긍정이 강하게 드러난다.

나는 이 문장에서 앞서 언급한 원로 선생님이 떠올랐다. 선생님 말씀대로 아이들은 물과 같아서 흘러가서 돌아오지 않는다. 움켜잡으려고 해도 잡을 수 없다. 하지만 아이들은 또한 물과 같아서 단 한 순간도 끊기지 않고 새로이 흘러온다. 나는 아이들이 흘러간다고만 생각했기에 교사로서의 삶을 증명해 줄 증거가 없어 허무하다고 했지만, 사실 무수히 많은 증거가 미래로부터 현재로 흘러오고 있다. 따라서 전혀 허무하거나 좌절할 필요가 없다. 오히려 긍정적 허무주의자가 되어, 가는 것은 유쾌하게 보내고 오는 것은 기쁘게 맞이하며 지금 서 있는 이 자리를 굳건히 지킬 따름이다.

그런 점에서 나의 책 쓰기는 저 작가들처럼 물의 흐름을 파악하고, 물줄기를 바꾸고, 물을 정화하는 것과 같은 숭고한 목적은 없다. 그저 물의 본성을 긍정적인 시선으로 바라보고, 물줄기가 막힘없이 바다로 잘 흘러갈 수 있도록 돕고 싶단 바람만 있을 뿐이다. 그러기 위해선 무엇보다 먼저, 내가 지금껏 교사로서 어떤 삶을 살아왔는지 그리고 앞으로 어떤 삶을 살 것인지 진실하게 고백할 필요가 있었다. 이것이 내가 책을 쓰겠다고 마음먹은 이유이다.

이 책에 수록된 글들은 '전국한문교사모임'에서 발간하는 〈한문교육〉이란 잡지 중 「교사 칼럼」에 실렸던 것들이다. 처음 글을 투고하게 된 계기는 단국대학교 한문교육과 선배이기도 한 김진봉 선생님께서 잡지에 들어갈 교단 일기를 부탁하면서였다. 아마 김진봉 선생님은 A4 용지 한 장 분량 정도의 글을 바랐을 것이다. 그러나 나는 눈치도 없이 5장이 넘는, 그것도 청탁자의 취지와 무관한 내용으로 써서 줬었다. 그것이 인연이 되어 8년째 글을 써오고 있다.

때로는 글쓰기에 자신이 없어서, 때로는 가식적인 글을 쓰는 것 같아서 그만 쓰겠노라고 발을 뺐다. 그때마다 김진봉 선생님께서는 잘하고 있다고, 점점 더 글이 나아지고 있다고 도리어 격려하고 북돋아 주었다. 그가 했던 말 중에 기억에 남는 말이 하나 있다.

"기종이에게 주어진 소명이라 생각하렴. 글과 함께 성장하길 바랄게."

만약 그가 용기를 불어넣어 주지 않았다면, 나는 지금도 흘러가는 물을 멍하니 바라보며 긴 한숨을 쉬고 있을 것이다. 이 자리를 빌려 김진봉 선생님께 감사하단 말을 전하고 싶다.

또한 이 책에서 공자만큼이나 자주 언급되는 인물이 있다. 바로 고병권 철학자다. 그와의 첫 만남은 운명적이었다. 한창 니체의 『차라투스트라는 이렇게 말했다』를 읽고 있을 때였다. 도무지 무슨 말인지 이해가 되지 않아 절친한 선배에게 도움을 요청했다. 그 선배는 자기가 좋은 책을 추천해주겠다며 대형서점으로 데려갔다. 그러고는 서가에서 고병권 철학자의 『위험한 책, 차라투스트라는 이렇게 말했다』를 꺼내주었다. 나는 곧장 계산대로 가서 책을 샀다. 그런데 뒤따라온 선배가 대뜸 말했다. "저 사람이 고병권 철학자야." 선배가 가리키는 곳을 보니 등산복 차림의 남성이 서가에서 책을 보고 있었다. 순간 나는 무슨 배짱에선지 다짜고짜 그에게 다가가 사인을 부탁했다. 돌이켜보면 참 무례한 행동이었다. 그는 처음엔 당황한 표정이었으나 이내 웃으며 흔쾌히 사인을 해줬다.

Nitimur in vetitum, 금단의 땅에서 살아가는 법, 철학.

이 운명적 만남이 나를 철학적 삶의 길로 이끌었다. 『위험한 책, 니체의 차라투스트라는 이렇게 말했다』를 읽으면서 고병권 철학자의 글, 삶, 철학에 호기심을 갖게 되었다. 이에 그가 참여하는 인문학 공동체 '수유너머'와 '우리 실험자들'의 문을 두드렸다. 그 공간에서 고병권 철학자를 비롯하여 여러 도반(道伴)과 잠시나마 함께 공부하면서 서로에게 선물이 되는 공동체가 무엇인지 실감하게 되었다.

실상 내가 다룬 주제와 사유, 인용과 사례는 대부분 고병권 철학자의 말과 글에서 나온 것들이다. 어쩔 수 없었다. 그의 강연을 듣고, 그의 책을 읽으면 그날은 정말이지 온몸이 아우성쳤다. '이건 『논어』에 있는 구절과 관련 있는 거 아냐?', '저번 상담 때 아이가 했던 고민에 답이 될 것 같지 않아?', '그때 왜 그런 행동을 했는지 이해되지 않아?' 그럼 나는 그 아우성에 귀를 기울이고 그걸 글로 썼다. 최근에는 고병권 철학자의 다음의 말로 인해 온몸이 아우성치고 있다.

"세상에 목소리 없는 자란 없다. 다만 듣지 않는 자, 듣지 않으려는 자가 있을 뿐이다."

나에게 금단의 땅에서 살아가는 법을 고민하고 말할 수 있게 해준 고병권 철학자에게 존경을 표하고 싶다.

이와 더불어 칙칙하고 무미건조한 글에 색채와 생기를 더해주었던 공대현 선생님. "혹시 선생님이 찍은 사진 중에 제 글에 어울리는 게 있을까요?"라는 내 요청을 흘려듣지 않고, 몇 날 며칠 초고를 찬찬히 읽고 심사숙고한 뒤에 어울리는 사진과 그 이유가 담긴 쪽글을 보내주었다. 그는 그것들을 보내며 이렇게 말했다.

"나한테 먼저 사진 얘기를 꺼내줘서 고마워요. 선생님 글 읽고 사진 고르는데 너무 신났어요."

장황한 내 글보다 훨씬 간명하면서도 사람의 마음을 따뜻하게 감싸는 그의 사진과 쪽글은 출간을 준비하는 내내 나에게 용기와 자신감을 불어넣어 주었다. 그와 같이 근무한다는 사실이 자랑스럽다.

마지막으로 어머니. 내가 프롤로그를 쓰는 이때, 마흔이 넘은 아들이 학교에서 입을 속옷을 개고 셔츠를 다리느라 분주하시다. 그 와중에 한 말씀 건네신다.

"꼭 구두는 닦고 출근해. 선생님이 모범이 되어야 아이들이 보고 배우지."

어머니께선 누구보다 아들이 교사인 것을 자랑스럽게 생각하시고, 당신 아픈 것보다 반 아이들 아픈 것을 더 안타까워하신다. 항상 느끼는 거지만 군자와 스승의 다른 이름은 '어머니'이다.

『나는 삶을 말하는 교사입니다』라는 제목이 얼마나 오만한 것인지 누구보다 잘 알고 있다. 교사로서 삶을 말한다는 것은 '살아온 길에 대해 고백하고 살아갈 길에 대해 약속하는' 것이기 때문이다. 그렇기에 지금껏 시행착오도 많았다. 이 책에는 차마 부끄러워서 담지 못했지만, 가르치는 학생들로부터 "역겹다.", "말과 행동이 다르다.", "쓸데없는 말을 너무 많이 한다."라는 질타를 받기도 했다. 그렇지만 이런 질타에도 불구하고 삶을 말하는 것을 멈추지 않았다. 좌절하고 낙담할 때마다 떠오르는 말들이 있어서였다.

"오늘 6교시 저희 반 수업이세요!"

"나라는 저희가 목숨 걸고 지킬 테니, 저희가 지키지 못하는 우리 아이들은 선생님께서 꼭 지켜주십시오."

하나는 아이들이 건넨 인사말이고, 하나는 학부모들이 건넨 부탁 말이다. 교사·학생·학부모가 서로의 삶을 담담하게 고백하고 약속한 뒤에야 나올 수 있는 말들이다. 각자가 가진 약점과 허점을 진솔하게 밝히고 기꺼이 상대에게 의지하며 더 나은 내가 되기로 맹세할 때 할 수 있는 말들이다.

나는 어쩌면 첫인상을 좌우하는 프롤로그에서 사소할 수 있는 일화와 말들을 구구절절 적었다. 의도는 명확하다. 이런 일상에서 주고받는 사소한 말들이야말로 삶을 살아가게 하는 중요한 원동력임을 보여주기 위함이다. 이렇듯 교육 현장에서 학생·학부모와 나누는 진솔한 말들, 함께 살아가는 이들과 주고받는 따뜻한 말들 그리고 동·서양 고전에 담긴 성현의 주옥같은 말들이 있기에 나는 오늘도 용감하게 외친다.

"나는 삶을 말하는 교사입니다."

"제가 아끼는 물 사진이에요. 물결이 특정한 각도에서 햇빛을 만나고 동시에 습도와 온도까지 완벽해야 생기는 저 반짝이는 형태를 '윤슬'이라고 해요. 저는 개인적으로 유난히 윤슬 사진을 좋아하는 편인데, 어느 물결이든 적절한 때만 온다면 이렇게나 반짝일 수 있다는 걸 보여주는 느낌이 들어서 그렇습니다.

선생님의 글을 읽다 보니 만약 아이들이 물결이라면, 아이들과 행복한 어떤 찰나의 순간이 윤슬이겠죠? 저와의 만남이 윤슬까진 되지 못하고 끝났더라도 언젠가는 그 아이들이 누군가와 윤슬을 만들고 있을 것이라는 기대가 생기네요."

1장

삶에의 의지를 말하다

[1]

어쩔 수 없잖아요

나는 '적록색약'이다. 아직도 초등학교 담임 선생님으로부터 처음 이 사실을 통보받았던 날이 또렷이 기억난다. 쉬운 글자도 받아쓸 줄 몰랐던 재호도, 덧셈 뺄셈도 못 했던 현수도 보이는 숫자가 유독 내 눈에는 보이지 않았다. 색각 검사 직전에 했던 시력검사에서는 멀리 떨어진 콩알만 한 숫자들도 정확히 보였는데, 바로 눈앞에 있는 커다란 숫자는 전혀 보이지 않았던 것이다. 당황해서 자리를 떠나지 못하는 내게 담임 선생님께선 별일 아니라는 듯이 "적록색약이라고. 다음!"이라는 무심한 통보만 해줄 뿐 어떠한 부연 설명도 없이 자리로 돌려보냈다.

학교가 끝나고 집으로 돌아오자마자 나는 어머니께 "엄마, 나 적록색약이래요. 적록색약이 뭐예요?"라고 물었다. 어머니께선 잠시 멈칫하시더니 "빨간색과 초록색이 잘 구별되지 않는 건데 사는 데 크게 지장 없으니 걱정하지 않아도 돼…."라고 하셨다. 그러고는 말이 없으셨다. 어린 나이에도 직관적으로 더 질문을 하면 어머니께서 슬퍼하실 것 같아 차마 말을 잇지 못하고 다락방으로 올라갔다. 나만 남들과 다르다는 당혹감, 무심하게 통보한 담임 선생님에 대한 서운함, 별일 아니라면서도 침묵을 통해 내게 무언가를 말하는 어머니에 대한 의아함 등 여러 감정이 복잡하게 섞여 혼란스러웠다. 그런데도 어디에 하소연하지 못한 채 혼자 가슴으로 삭혀야만 했다.

그 후로도 이런 복잡한 감정은 매년 신체검사 때마다 반복되었다. 아니, 해가 갈수록 상처가 깊어졌다. 처음에는 그저 색각 점검표에 있는 숫자만 읽지 못할 뿐이었는데, 고학년이 되면서 할 수 없는 것들이 늘어만 갔다. 주변에선 의사도, 화가도, 기술자도, 초등학교 교사도, 비행기 조종사도 될 수 없다고 했다. 그럴수록 이 곪아가는 상처를 더욱 꽁꽁 싸매 남들이 볼 수 없도록 마음속 깊은 곳에 감춰뒀다.

그러던 어느 해 가을 백일장 행사차 서울대공원에 가게 되었다. 친구들과 놀이 기구도 타고 김밥과 간식도 나눠 먹으며 한창 기분 좋은 상태로 그림을 그리고 있었다. 그런데 마침 우리 옆을 지나가던 미술 선생님께서 내가 채색한 풍경화를 보고 웃으며 "야, 그림이 이게 뭐야? 세상에 이런 단풍잎이 어디 있어?"라고 말했다. 분명 선생님께선 별 뜻 없이 친근함을 표현한 거였겠지만 내겐 비수가 되어 꽂혔다. 특히 선생님의 말씀을 듣고 그제야 내 그림을 들여다보며 함께 웃는 친구들을 보니 얼굴이 화끈 달아올랐다. 나는 잔뜩 풀이 죽은 목소리로 울먹이며 말했다.

"어쩔 수 없잖아요. 저는 적록색약이니깐요."

그로부터 25년 가까운 세월이 흘렀다. 막상 인생을 살아보니 어머니 말마따나 적록색약이라는 사실이 삶에 큰 걸림돌이 되지는 않았다. 무엇보다 고등학교에서 한문 교사로서 아이들을 지도하는데 빨간색과 초록색을 구별하지 못한다는 것은 전혀 문젯거리가 아니었다. 하지만 어린 시절 마음에 새겨진 '나는 일반적인 사람들과 다르다.', '나는 할 수 없는 게 많다.'라는 낙인은 다양한 방식으로 일상 속에서 표출되곤 했다.

그런 나에게 얼마 전 매우 의미 있는 사건이 일어났다. 특수대학 입시 담당 교사로서 사관학교 진학을 꿈꾸는 아이들을 지도하고 있는데, 그중 가장 눈에 띄는 아이가 경수였다. 군인이신 아버지의 뒤를 잇겠다는 일념으로 사관학교를 준비한 경수는 평소 모의고사에서 의대 갈 성적도 나왔던 만큼 사관학교 1차 점수도 다른 수험생들에 비해 높았고, 오래달리기, 팔굽혀 펴기를 비롯한 체력 능력도 뛰어났다. 그래서 동료 교사들이나 아이들 사이에선 "경수를 사관학교에서 뽑지 않으면 우리 군의 미래는 없다."라는 말이 나올 정도였다. 그런데 2차 시험을 며칠 앞둔 시점에서 예상치 못한 일이 발생했다. 경수가 지원한 사관학교는 신체검사가 철저하기로 유명한 곳이기에 전문 병원에서 사전 신체검사를 받는 게 관례였는데 경수가 신체검사를 받은 날 담임 선생님께서 심각한 얼굴로 나를 찾아온 것이다.

"큰일이에요. 글쎄 경수가 적록색약 판정을 받았대요."

"진짜요? 한 번도 그런 말 한 적 없는데요?"

"그러니까요. 경수도 검사하고 놀라서 곧바로 어머니께 연락했다고 하더라고요."

"아…."

진실의 무게가 때때로 사실의 무게보다 무거울 때가 있다. 경수가 사관학교 신체검사 부적격 사유인 적록색약이라는 사실의 무게에 내가 어린 시절 겪은 경험과 감정, 상처들이 겹겹이 더해지기 시작했다. 특히 수화기 너머로 경수 어머니께서 지으셨을 표정과 우리 어머니께서 나를 보며 지으셨던 표정이 겹쳐지자 당장 어디로든 도망치고 싶단 충동마저 들었다.

그래도 살아온 세월과 교사라는 직분이 도망치려는 나를 겨우 붙잡았다. 나는 경수에게 위로가 될 말을 해줘야 한다고 생각했다. 적어도 "적록색약이라고. 다음!"을 외쳤던 담임 선생님이나, "야, 그림이 이게 뭐야? 세상에 이런 단풍잎이 어디 있어?"라고 했던 미술 선생님과는 다른 말을.

이에 원래 체력단련 시간보다 30분 빠른 밤 9시에 운동장으로 나갔다. 운동장을 몇 바퀴 돌면서 해줄 말을 고민하기 위해서였다. 그런데 이미 운동장 트랙을 뛰고 있는 아이가 있었다. 경수였다. 어두컴컴한 운동장을 전력 질주하고 있는 모습을 보니 마음이 아렸다. 경수는 나를 보더니 달리기를 멈추고 의미심장한 표정으로 다가왔다. 아마도 내가 검사 결과를 모르고 있다고 여기는 눈치였다.

"드릴 말씀이 있어요. 저 적록색약이래요."

"진짜? 이번에 처음 알게 된 거야? 마음이 매우 무겁겠구나."

"어쩔 수 없잖아요…."

'어쩔 수 없잖아요.' 또다시 데자뷔처럼 어린 시절 내가 미술 선생님께 했던 말을 듣게 되자 너무 마음이 아팠다. 무슨 말이라도 해주려고 막 입을 떼려는데 경수가 말을 이어갔다.

"어쩔 수 없잖아요. 저는 진짜 사관학교에 가고 싶으니까요."

"뭐?"

"저 체력단련 1등급 말고, 그냥 전 영역 다 1등 해버릴래요! 그럼 절 안 뽑고 배기겠어요."

"그, 그렇지. 맞아!"

경수는 말을 마치자마자 다시 운동장을 돌겠다며 성큼성큼 트랙으로 걸어갔다. 나는 멍하니 서서 그런 경수의 뒷모습을 바라봤다. 그러고는 혼자 수차례 같은 말을 되뇌었다.

"어쩔 수 없다, 어쩔 수 없다."

나에게 '어쩔 수 없다.'는 '할 수 없을 때' 쓰는 말이었다. 적록색약이라는 결코 바꿀 수 없는 운명에 대해 내가 할 수 있는 푸념은 '어쩔 수 없다.' 뿐이었다. 그런데 경수는 달랐다. 경수에게는 '할 수밖에 없을 때' 다른 말로 '포기할 수 없을 때' 쓰는 말이었다. 적록색약조차도 나를 막을 수 없다는 항변이 '어쩔 수 없다.'였던 것이다.

그 순간 신기하게도 내 오랜 상처가 치유받는 느낌이 들었다. 찢어진 도

화지를 보며 울고 있는 어린 내게 경수가 다가와 땅바닥에 버려진 붓을 다시 손에 쥐여주며 넌 할 수 있다고, 너라면 충분히 너만의 가을 풍경을 그릴 수 있다고, 네 눈에 비친 세상을 자유롭게 그리면 된다고 말하며 꼭 안아주는 것 같았다.

경수는 그날 이후 전력을 다해 2차 시험을 준비했다. 이와 더불어 인터넷 포털 사이트에서 색각 점검표 이미지를 모조리 내려받아 시간이 날 때마다 외우기 시작했다. 숫자가 보이지 않더라도 주변에 있는 색깔들의 특징과 패턴을 전부 눈에 새겨 넣겠다는 것이었다. 그 모습을 보면서 경수에게 받은 치유와는 별개로 저게 진짜 효과가 있을지 의문이 들었다. 경수가 지원한 사관학교 신체검사는 다른 기관의 신체검사보다 훨씬 더 깐깐한 걸로 정평이 나서였다. 하지만 경수는 전혀 개의치 않았다. 그저 우직하게 자기가 할 수 있는 일을 할 뿐이었다. 그렇게 경수는 그토록 원하던 사관학교에 당당히 합격했다.

원래 내가 쓴 원고는 여기까지였다. 그런데 2월 중순 무렵 경수의 담임 선생님에게서 다시 전화가 왔다. 경수가 사관학교 입학 전 치러지는 기초 군사 훈련 때 도중하차했다는 청천벽력 같은 소식이었다. 자신의 선천적 한계도 극복했던 경수가 입학을 목전에 두고 그만뒀다는 게 믿기지 않았다. 자초지종을 들어보니 경수는 어린 시절 큰 수술을 했던 적이 있었다고 한다. 그런데 강도 높은 훈련 과정에서 수술 부위에 염증이 생겼고, 1주일 가량 진통제를 복용하며 버텼지만 결국 상태가 호전되지 않아 퇴소를 결정했다는 것이었다. 담임 선생님께서는 경수가 다시 수능 준비를 하고 있다며 아이의 인생이 참 기구하다고 한탄을 하며 전화를 끊었다.

나는 가만히 창밖을 보며 내가 지금 느끼고 있는 낯선 기분을 이해하려고 노력했다. 경수 소식을 듣고도 크게 동요하거나 안타까운 마음이 들지 않았기 때문이다. 그 이유는 아마도 경수의 삶에의 의지를 직접 목격하고 그를 통해 마음의 상처를 치유받아서인 것 같다. 앞서 말했듯 경수는 평소 모의고사에서 의대를 갈 성적도 나왔던 아이다. 물론 경수가 과거의 상처가 재발하지 않아 무사히 사관학교에 입학한다면 어떠한 위기 상황이 닥쳐도 위국헌신의 자세로 국민을 보호하고 영토를 수호하는 훌륭한 군인이 됐을 것이다.

그러나 경수가 의대에 간다면 다른 의사들이 가망이 없다고 손사래 치는 불치병 환자에게도, 돈이 없어서 제대로 된 치료를 받지 못하는 가난한 환자에게도 "어쩔 수 없잖아요. 저는 의사니깐요. 그러니 환자를 살리기 위해 끝까지 최선을 다하겠습니다."라고 말하는, 결코 단 한 명의 환자도 포기하지 않는 의사가 될 것임을 믿어 의심치 않는다. 꼭 의사가 아니어도 어떤 직업을 갖든, 경수라면 불굴의 의지로 자기 자신을 계발하고 주변에 선한 영향력을 끼치며 이 세상을 좀 더 살만한 곳으로 만드는 데 이바지할 것이다. 그렇기에 나는 편안한 마음으로 경수의 앞날을 응원하며 따로 위로의 문자를 보내지 않기로 했다.

어쩔 수 없잖은가! 경수가 이깟 시련에 좌절할 사람이 아님을 아는 이상.

나는 삶을 말하는 교사입니다

"한강 공원에 있는 조형물이에요. 저걸 보는데 문득 기둥 위의 인형이 실제 사

람이면 저 높은 데서 어떻게 내려오려나 싶었어요. 그러면서도 저 달을 꼭 가

까이서 보겠다고 마음먹었다면 올라가는 것 말고는 다른 방법이 없었겠다는

생각도 들더라고요. 경수도 비슷한 마음이었을까요?"

[2]

분비(憤悱)로 가득한 분비물

"계속 매가리 없이 울기만 할 거야? 그럴 거면 돌아가!"

도저히 참을 수 없어 송희에게 역정을 냈다. 매번 모의고사만 끝나면 찾아와 십 분이고 이십 분이고 우는 아이였다. 그놈의 수학이 문제였다. 자기 나름대로는 공부 시간 대부분을 수학에 쏟고 있는데 아무리 열심히 해도 좋은 등급이 나오지 않는다는 것이었다. 레퍼토리도 비슷했다. 처음엔 쉬운 문제를 실수했다는 둥, 시간이 부족했다는 둥 시험에 대해 하소연을 했다. 그러다 결국엔 타고난 머리가 나쁘다는 둥, 고생하시는 부모님을 볼 낯이 없다는 둥 스스로 만든 늪에 빠져서 허우적댔다.

답답한 건 담임인 나도 마찬가지였다. 학년 초 상담 때엔 조금이라도 도움을 주겠노라며 친한 수학 교사를 소개해주고, 졸업한 선배와도 만나게 해주며 애를 썼다. 그러나 매번 제자리걸음, 아니 점점 더 떨어지는 수학 성적을 보니 아이만큼이나 나도 맥이 빠졌던 게 사실이다. 게다가 근래는 생활기록부 작성 마감, 수시 원서 상담, 사관학교 2차 대비 수업으로 눈코 뜰 새 없이 바쁜 시기였다. 그런데 얼마 전 치른 대수능 모의고사 수학 가 채점 결과를 가지고 와서는 닭똥 같은 눈물을 뚝뚝 흘리며 세상 다 산 사람 처럼 의욕 없이 울고 있는 모습을 보니 안쓰럽기보다는 울화가 치밀어 나 도 모르게 화를 냈던 것이다.

아이는 그런 담임교사의 매정한 어투에 자못 당황한 기색을 보이더니 이 내 풀이 죽어 면학실로 돌아갔다. 막상 그렇게 송희를 돌려보내고 나니 마 음이 편치 않았다. 돌이켜보면 역정을 낼 만큼 잘못한 것도 아니었는데, 첩 첩이 쌓인 업무로 인한 스트레스를 아이에게 푼 것 같았기 때문이다. 그러 면서도 한편으론 저렇게 여려서 어떻게 거친 세상을 살아갈지 안타깝기도 했다. 그런데 그 순간 불현듯 잊고 있던 기억 하나가 떠올랐다.

2009년, 그 해는 미래형 교육과정(2009 개정 교육과정) 시행과 관련하여 전국 모든 한문교육과에 우려와 비판, 분노의 목소리가 가득했던 때였다. 당시 대학교 4학년이었던 나는 미래형 교육과정 공청회가 열린다는 소식 을 듣고 대학 동문들과 함께 공청회에 가게 되었다. 그때만 해도 한문교육 의 당위적 성격을 잘 설명하면 상황이 나아질 것이라는 순진한 생각을 하 고 있었다.

그러나 현장에서 쏟아진 관련 학과 교수와 현직교사, 대학생들의 성토에도 불구하고 모르쇠로 일관하다 서둘러 공청회를 끝내버리는 주최 측의 모습을 보자 절망감이 들었다. 훌륭한 한문 교사가 되겠노라며 의욕적으로 살았었던 지난 시간이 전부 부정당한 기분이었다. 하지만 나와는 달리 현직에 있던 선배들은 이미 이런 사태를 예상했다는 듯 당혹스러워하는 후배들을 다독이며 인근 술집으로 데려갔다.

테이블에 빈 술병이 쌓여갈수록 오고 가는 말들도 격해졌다. 처음엔 교육 당국의 근시안적인 정책과 교육과정 설계자들의 독단적인 모습을 비난하더니, 나중엔 그 화살이 내부로 향했다. 한문 교과는 단합이 안 된다, 다른 교과처럼 우리도 정치적인 힘을 키워야 한다, 다들 선비 같아서 싸울 줄을 모른다 등등. 그런 이야기는 우물 안 개구리에 불과했던 내게 너무나도 감당하기 힘든 말들이었다. 그러다 보니 연신 술잔만 들이켰고 올라오는 취기만큼이나 감정도 복받쳤다. 그래서 비틀거리며 밖으로 나와 평소 학생들을 진심으로 챙기고, 학과 일에 누구보다 앞장섰던 교수님께 전화를 걸었다. 분명 교수님이라면 절망감에 사로잡힌 나에게 한 줄기 빛 같은 답을, 아니면 아침 햇살 같은 따뜻한 위로를 해줄 것 같았다.

수화기 너머로 교수님의 "여보세요?"라는 목소리가 들리자마자 나는 "교수님!"이라는 말과 함께 참았던 눈물을 터뜨리며 꺼이꺼이 울었다. 전화였기에 망정이지 교수님이 내 앞에 계셨다면 부둥켜안고 울었을지도 모른다. 그 정도로 막막한 심정이었다. 허나 나의 바람과는 달리 수화기 너머의 교수님은 냉정하고 단호하게 말씀하셨다.

"울 거면 전화 끊어. 그리고 술 깨고 연구실로 와!"

정말 그 말에 정신이 번쩍 들었다. 조금 전까진 절대 빠져나올 수 없는 미궁 속에서 헤매고 있었는데 교수님의 일침 한방에 사방을 가로막고 있던 벽들이 일순간 사라져 버렸다. 전화를 끊은 나는 누가 볼세라 흘린 눈물을 닦고, 헝클어진 머리를 정리하고, 옷매무새를 가다듬었다. 그러고는 선배들에게 제대로 된 작별 인사도 하지 않고 부랴부랴 집으로 도망쳤다.

다음 날 아침 나는 꾸지람을 각오하고 연구실 문을 두드렸다. 교수님께서는 울면서 절망한 이유를 물으셨다. 나는 기어들어 가는 목소리로 공청회 당일 느꼈던 감정을 토로했다. 교수님께서는 그런 방식의 감정 표출이 현실을 바꾸는 데 무슨 도움이 되는지, 힘든 상황에도 포기하지 않고 묵묵히 자신이 할 수 있는 일을 해나가고 있는 사람들은 보이지 않는지, 어제와 같은 태도로 세상을 어떻게 살아갈 것인지 물으셨다. 그러면서 지금 할 수 있는 일이 무엇인지 잘 생각해 보고, 그 일을 하라고 질정하셨다. 또 눈물이 났다. 그러나 오늘의 눈물은 어제의 그 차가운 절망의 눈물이 아니었다. 뜨거운 부끄러움의 눈물이었다.

그때의 일을 떠올리니 더욱 송희가 걱정됐다. 나는 송희에게 '부끄러움'을 느끼게 한 것이 아니라, '치욕'을 느끼게 한 것 같았기 때문이다. 부끄러움은 치욕과 다르다. 부끄러움은 사람의 부족한 점을 스스로 돌아보게 함으로써 새로운 도전과 변화의 발판이 되도록 한다. 그러나 치욕은 사람의 부족한 점을 남들이 억지로 들춰냄으로써 도리어 감추고 외면하게 만든다. 그런 점에서 교수님은 나에게 부끄러움을 느끼게 하여 현실을 제대로 직시하고 나아갈 방향을 스스로 설정할 수 있도록 도왔다. 반면에 나는 송희에게 치욕을 느끼게 하여 스스로를 부정하고 담임교사와 세상을 원망하며 점점 더 공부와 멀어지게 만든 것은 아닐지 후회가 되었다.

이에 송희가 낙담하지 않도록 격려해 주려고 면학실로 찾아갔다. 멀리서 보니 아이는 여전히 울고 있는지 어깨가 들썩이고 있었다. 안쓰러운 마음에 아이를 밖으로 데려가려고 책상을 두드리려는데 뜻밖의 장면이 눈에 들어왔다. 송희는 눈물과 콧물로 범벅이 된 휴지 뭉치로 입을 틀어막으면서도 수학 문제를 풀고 있었던 것이다. 펼쳐놓은 문제집 여기저기에 눈물 자국이 번져있음에도 펜만큼은 놓지 않고 꾸역꾸역 문제와 씨름을 하고 있었다. 그 모습을 보고 있자니 마음이 먹먹해졌다.

송희는 결코 의욕이 없고 나약한 아이가 아니었다. 오히려 자기 안의 불씨가 너무 강해서 그 뜨거운 화력에 스스로 화상을 입고 있던 아이였다. 그리고 보니 지난 반년 동안 송희가 면학 시간이나 자투리 시간에 자거나 딴 짓을 하는 것을 본 적이 없었다. 이뿐만 아니라 친구들도 학급 최고의 노력파로 송희를 꼽았었다. 그런 열정을 가진 아이를 칭얼거렸다는 이유만으로 화를 냈다는 것이 미안하여 송희를 위해 무엇이라도 해주고 싶었다. 그러다 문득 좋은 아이디어가 떠올랐다. 나는 급히 스마트폰을 꺼내 우는 와중에도 수학 문제를 푸는 송희의 뒷모습을 찍었다. 그리고 그 사진과 『논어』 구절을 아이의 메신저로 전송했다.

不憤不啓, 不悱不發!(불분불계 불비불발)

'잘하고 싶어 분하고 애통해하지 않으면(憤悱)

결코 깨우칠(啓發) 수 없다!'

『논어』「술이 8」의 일부이다. 원문에 충실한 해석은 '알려고 애태우지 않으면 깨우쳐주지 않으며, 표현하려고 애쓰지 않으면 말을 틔워주지 않는다.'이다. 여기서 깨우침을 뜻하는 계발(啓發)은 제자가 스스로 깨우치는 것이 아니라, 스승이 제자의 부족한 부분을 깨우치게 해준다는 의미이다. 정자(程子)도 그런 점에서 '잘하고 싶어 분하고 애통해한다.'라는 의미의 분비(憤悱)를 '배우는 자의 성의'라고 설명하며 이 분비가 보일 때에야 계발 즉, '스승의 가르침'이 효과적으로 이뤄질 수 있다고 하였다.

그러나 나는 계발을 배우는 자가 스스로 깨우칠 수 있다는 어감으로 바꾸어서 송희에게 보냈다. 왜냐면 그렇게 해석할 때 비로소 공부에서 진짜 중요한 건 계발에 있는 것이 아니라 분비에 있다는 것이, 극복에서 가장 중요한 건 남에게 달린 것이 아니라 자기 자신에게 달려 있다는 것이, 모든 문제를 해결할 답은 밖에 있는 것이 아니라 이미 내 안에 있다는 것이 오롯이 드러나는 것 같아서였다. 특히 송희처럼 잘하고자 하는 내면의 불씨가 너무 뜨거워 분비가 격하게 발현되는 아이들일수록 분비가 부정적이고 이상한 것이 아니라, 오히려 매우 긍정적이고 당연한 것임을 자각하게 해주고 싶었다.

공자께서 행하셨다는 계발도 수직적 위계의 방식으로 지식과 정보를 전달한 것이 아니라, 제자가 가진 내면의 힘을 스스로 바라볼 수 있도록 도우셨던 게 아닐까 한다. 아직은 힘을 제대로 제어하지 못해 때때로 데기도 하지만, 그 정도로 자기가 가진 힘이 크다는 것을 실감하게 해주고, 훗날 성대하게 터질 날을 기다리며 힘을 응축할 수 있도록 도와주는 것 말이다. 어쩌면 예전 나의 교수님도 그런 마음이셨던 걸까? 내가 느끼는 슬픔과 분함, 절망감 역시 한문 교사가 되겠다는 강한 힘의 발현 형태 중 하나였음을 깨닫게 해주고 싶으셨던 걸까? 지금 되돌아보면 만약 그때 교수님께서 내 하소연에 위로를 건네고 함께 슬퍼해 주셨다면 그 순간에는 매우 기쁘고 인정받은 느낌이 들었을 것이다. 그러나 아마 나는 그날 이후로는 한문 교사의 길을 포기하고 서둘러 다른 길을 찾아 떠났을 것이다.

몇 시간 뒤 송희에게서 답장이 왔다. 거기에는 아까 본 눈물과 콧물로 범벅이 된 휴지 뭉치와 눈물 젖은 수학 문제집이 찍힌 사진이 있었다. 그리고 다음과 같은 문구가 적혀있었다.

'분비(憤悱)로 가득한 분비물:)'

다시금 아이의 힘을 확인하는 순간이었다.

"저는 배 사진 찍는 것도 너무 좋아해요. 사람들은 배가 이동해야만 제 할 일을 하는 줄 알잖아요. 그런데 배는 그 무거운 무게를 가지고 떠 있기만 해도 이미 엄청난 중력을 감당하고 있는 거잖아요. 이걸 부력이나 배의 밑면적 따위의 물리적인 표현으로도 간단하게 설명할 수 있겠죠. 하지만 저는 누군가가 엄청난 힘을 쓰고 있는 것이라 표현하고 싶네요.

송희에게 학교생활을 버티는 것이란 어쩌면 물에 가만히 떠 있어야 하는 것처럼 티는 별로 나지 않지만 이미 무척 많은 에너지를 필요로 하는 일이었을 것 같기도 합니다. 거기서 어느 방향으로든, 어떤 방법으로든 나아가기까지 해야 하니 더 힘이 들지 않았을까 싶고요."

[3]

절망 속에서도 피어나는 불씨

祭塚謠(제총요) 무덤에서 제사 지내는 노래

白犬前行黃犬隨(백견전행황견수) 흰 개 앞서가고 누런 개 따라가는

野田草際塚纍纍(야전초제총루루) 들밭 풀 가에는 무덤이 늘어섰네.

老翁祭罷田間道(노옹제파전간도) 제사 마친 할아버지 밭두둑 길에서

日暮醉歸扶小兒(일모취귀부소아) 저물녘 손자 부축받고 취해 돌아오네.

이달(李達)이 지은 「무덤에서 제사 지내는 노래」라는 시이다. 이달이라는 이름은 우리에겐 다소 낯설지만, 조선을 대표하는 시인 중 한 명이자 허균과 허난설헌의 스승으로 알려진 인물이다. 그는 벼슬을 살지 않았으며, 일흔이 넘도록 자식 없이 지내다가 평양의 어느 여관에서 죽었다고 알려져 있다. 듣기론 무덤도 전해지지 않는다고 한다. 사람들은 그가 서얼이라는 신분 때문에 이런 기구한 삶을 살았다고들 하지만, 내 생각은 좀 다르다.

나는 그가 길바닥으로 어쩔 수 없이 '내쫓긴' 시인이 아니라, 기꺼이 길바닥으로 '내달린' 시인이라고 생각한다. 그래서 항상 아이들에게 이달을 설명할 때 '길바닥 시인'이라는 수식어를 붙인다.

길바닥, '삶의 토대가 허물어졌을 때 이르는 어떤 밑바닥(고병권, 『곁에 서다』)'으로 그는 나아갔다. 길바닥에서만 볼 수 있는 장면이 있고, 밑바닥에서만 쓸 수 있는 시가 있기 때문이다. 그래선지 그의 시를 보면 당대 문인들과는 다른 위치와 시선이 느껴진다. 높은 누대에 앉아서 내려다보는 조감과 관조의 시선보다는, 낮은 길바닥에서 함께 뒹굴며 한바탕 울고 웃는 연대와 공감의 시선이 말이다.

본론으로 들어가서 나는 매년 한시 수업을 하게 되면 교과서에 실려 있지 않은 이 시를 첫 시간에 다룬다. 먼저 원문과 한자의 음, 뜻을 칠판에 적어준다. 그리고 길바닥 시인 이달의 생애만 간략하게 설명할 뿐, 그 외 시에 관한 어떠한 사전 정보는 제공하지 않은 채 아이들 스스로 해석해 보도록 지도한다. 어쩌면 내가 이 시의 본질을 10년 가까이 놓치고 있었던 이유이기도 한데, 이 시는 해석 자체가 복잡하거나 주제 찾기가 몹시 어려운 시는 아니기 때문이다. 아이들은 처음엔 버벅거리지만 이내 칠판에 적힌 한자의 음과 뜻을 참고하여 곧잘 해석해낸다.

하얀 개가 앞에서 가고 누런 개가 따라간다.

들에 있는 밭에 무덤이 겹겹이 있다.

노인이 제사를 마쳤다. 밭 사이 길에서

해가 저물어 취해 돌아가고 어린아이가 부축한다.

아이들의 해석은 대체로 이와 비슷하다. 그럼 나는 본격적으로 아이들에게 질문한다.

"이 시의 첫인상이 어떠니?"

"슬퍼요."

"무서워요."

"안타까워요."

"그렇지? 그런 인상을 받은 이유는 뭐 때문이야?"

"'제사'랑 '무덤'이란 단어 때문에요."

"술에 취한 할아버지를 부축하고 있으니깐요."

"맞아. 전반적으로 시어들이 긍정적인 이미지보단 부정적인 이미지이지. 그럼 무덤이 늘어선 이유는 무엇 때문일까?"

"전쟁이나 전염병 아닐까요?"

"만약 전쟁과 전염병 중 굳이 하나만 고른다면?"

"전쟁?"

"왜?"

"음…. 잘 모르겠어요."

"잘 생각해 봐. 지금 무덤이 어디에 있어? 논두렁에 있지? 이상하지 않아? 보통 무덤은 어디에 있지?"

"산이요."

"맞아. 그런데 산에 있어야 할 무덤들이 왜 논두렁에 있는 걸까?"

"아! 알았어요. 마을 사람들 대다수가 전쟁으로 죽은 거예요. 그러다 보니 관을 짊어지고 산으로 옮길 젊은 사람들이 없어서 별수 없이 논두렁에 묻은 거죠."

"선생님 생각도 그래. 물론 우리가 당시 사정을 정확하게 알 순 없지만, 그럴법하잖아. 자, 그럼 노인과 어린아이의 관계는 뭘까?"

"할아버지와 손자요."

"근거는?"

"할아버지가 제사를 지내는데, 어린아이가 자연스럽게 찾아와서 부축하는 걸 보면 가족인 것 같아서요."

"그럼 저 무덤은 누구의 무덤일까?"

"할아버지의 아들이자, 아이의 아버지겠죠."

"맞아."

"결국 이 시는 전쟁으로 죽은 자식의 무덤에서 제사를 지내며 술에 취한 할아버지를 어린 손자가 부축해 주는 내용인 거지? 그럼 이 시의 시대적 배경은 언제일까?"

"임진왜란이요."

"좋아! 그럼 이 시의 주제는 '임진왜란의 참상' 정도로 정리하면 되겠네?"

"예."

"그럼 오늘 수업은 20분 만에 끝…."

"와~"

"…이라고 할 줄 알았지? 이제부터 시작이란다."

"우~"

여기까지가 수업의 1부이다. 「무덤에서 제사 지내는 노래」에 대한 나의 이해는 이 시를 대학에서 처음 접한 20대 초반부터 인문학 공동체에서 스피노자의 『에티카』 세미나에 참여하기 전까지인 30대 초반까지, 대략 십여 년 가까이 '임진왜란의 참상'에 머물러 있었다.

그러다 2016년 『에티카』를 공부하면서 작은 변화가 찾아왔다. 스피노자가 말한 "다만 인식하라!(sed intelligere!)"가 교양인이 되기 위한 지식을 확충하라는 뜻이 아니라, 삶을 긍정하기 위한 준칙을 스스로 세우고 시도하라는 뜻임을 깨달았을 때는 스피노자의 철학이 한문 고전 속 선인들의 사상과 일맥상통한다고 느꼈다. 이와 더불어 내가 그들의 삶에의 의지를 아이들에게 제대로 전달하고 있는지 성찰하게 되었다. 무엇보다 『에티카』의 다음 구절은 의미 있게 다가왔다.

[정리 10] 우리는 우리의 본성과 반대되는 감정에 의해 교란되지 않는 동안은 지성의 질서에 따라서 신체의 변용들을 정리하고 연결하는 능력을 가진다.

이 말은 나쁜 감정들이 우리로 하여금 적합하게 인식하지 못하도록 방해를 하므로, 이런 나쁜 감정들에 교란되지 않기 위해선 올바른 생활 규칙이나 일정한 지침을 구상하고 그것을 기억에 남겨 끊임없이 적용하는 것이 중요하다는 것이다. 물에 대한 트라우마가 있는 사람을 예로 들자면, 물에 빠져 죽을 뻔한 사람이 물에 대해 취하는 방식은 크게 두 가지다. 죽을 때까지 물에 들어가지 않거나, 반대로 물에 빠져 죽지 않도록 수영을 배우거나. 물론 두 방식 모두 자연스러운 일이다. 다만 물을 '괴물'로 대하냐, '친구'로 대하냐의 차이만 있을 뿐이다. 스피노자는 이렇듯 우리가 적합한 인식을 통해 능력을 발휘하며 어떻게 수동적이고 부정적인 관계를 능동적이고 긍정적인 관계로 변모시킬 것인가 그리고 이를 통해 살아있는 동안 다양한 자신을 얼마만큼 체험할 것인가를 말하고 있다.

그동안의 내 수업은 이와는 정반대였다. 한문 고전 속에 담긴 시대를 뛰어넘는 현재성과 그 안에 담긴 능동성을 발견하여 삶의 지침으로 삼기보다는 자구 해석에만 얽매였고, 이전부터 이어져 오고 있는 감상만을 수동적으로 따를 뿐이었다. 특히 『논어』와 『맹자』를 볼 때는 글의 뉘앙스와 템포, 스타일을 곱씹으며 성현이 삶을 대하는 태도를 보지 못하고, 문장 해석만 되면 좋다고 넘어갔다. 더 큰 문제는 그걸 진리인 것처럼 아이들에게 그대로 가르쳤다는 것이다. 객관적인 해석과 추론에 있어서는 옛것을 수용해야 하지만, 작품 속에 담긴 정서와 태도, 주제 의식 등에 관해서는 아이들 각자가 살면서 쌓은 경험 및 지식과 관계 지어 생각해 볼 수 있도록 이끌어야 함에도 말이다.

2016년 당시 이런 성찰을 할 때 머릿속에 가장 먼저 떠오른 작품이 저

「무덤에서 제사 지내는 노래」였다. 이 시를 처음 접했던 대학교 2학년 시절, 나는 시를 읽다가 문득 소설『태백산맥』속 어떤 인물을 떠올렸었다. 그리고 그 인물을 시에 대입하면 교수님께서 설명하신 '임진왜란의 참상'이란 주제처럼 슬프게만 느껴지지는 않았었다. 그러나 그때는 통상적인 시의 주제를 거스를 수 없어 깊게 사유해보지 않고 넘겼었다. 그렇게 10여 년이 지나서야 뒤늦게 하장수 노인의 독백이 담긴『태백산맥』10권을 펼쳤다.

쓸 만헌 사람덜 쓸어불고 나면, 그만헌 사람덜이 채와지자면 을매나 긴 세월이 흘러야 허는겨? 새로 낳는 자석덜이 장성혀야 헌께 한시상이 흘러가는 세월이제. 그렇제, 갑오년 쌈에서 3·1 만세까지가 시물 다섯 해고, 3·1 만세에서 해방꺼지 또 시물 여섯 해 아니라고. 인자부텀 또 그만헌 세월이 흘르먼 위찌 될랑고? 또 심덜이 모타지겄제. 세월이란 것이 그냥 무심허덜 않는 법잉께. [조정래,『태백산맥 10권』(해냄 출판사, 2014, p.347)]

많은 사람이 전쟁으로 죽거나 사라진 최악의 상황에서도 "세월이란 것이 그냥 무심허덜 않는 법잉께."라고 말하는 하장수 노인의 긍정은 어디에서 오는 것일까? 한 시대가 저무는 것을 목격하면서도 냉소하거나 부정하지 않고 새로운 시대의 가능성을 보는 연륜은 어떻게 생기는 것일까? 그렇다

나는 삶을 말하는 교사입니다

면 이 시 속 술에 취한 노인에게도 저 긍정이 있는 것은 아닐까? 나는 이달이 길바닥에서 목격한 진짜 중요한 장면을 놓치고 있는 것은 아닐까? 그런 생각에 당시 나는 눈을 감고 이달이 목격했을 상황을 수도 없이 상상했다.

수업의 2부를 시작한다.

"얘들아, 그런데 왜 첫째 구에 대해서는 궁금해하지 않아? '하얀 개가 앞에서 가고 누런 개가 따라간다.'라는 말을 굳이 첫 구에 넣을 필요가 있었을까? 생뚱맞지 않아? 스물여덟 글자 안에 임진왜란의 참상을 담으려면 저 말 말고도 할 말이 많았을 텐데."

"시각적 심상이나 색채의 대비 같은 거 아닐까요?"

"좋은 답변이야. 또 다른 사람?"

"암시 아닐까요?"

"무슨 암시?"

"예전엔 죽은 사람은 하얀 소복을 입고, 장례를 치르는 사람은 삼베옷을 입잖아요? 그러니 아들이 먼저 떠났고, 할아버지도 곧 뒤따라간다는 뜻 아닐까요?"

"…."

"왜 답이 없으세요."

"대박! 선생님이 거기까지는 생각하지 못했거든. 매우 훌륭한 답변인 것 같아. 안 그래 애들아?"

"소름 돋았어요."
"그렇게 보니 더 슬퍼요. 할아버지가 죽으면 남은 손자는 어떡해요?"

"그러니깐. 그럼 이번엔 선생님이 생각한 걸 이야기해 볼게. 이달은 길바닥 시인이라고 했잖아. 시를 쓴 날도 해가 지도록 들밭 길을 걷고 있었을 거야. 온종일 제대로 먹지도 못한데다 주변은 황량한 들판뿐이고 무덤만 늘어서 있으니 이달의 시선을 끌 게 있었을까? 그냥 고개만 푹 숙이고 걸었겠지. 그런데 갑자기 백구 한 마리가 뒤에서부터 자기를 지나 앞으로 뛰어가네. 그리고 누렁이 한 마리도 뒤따라가네. 그 순간 넋 놓고 땅만 보던 이달이 고개를 들어 주의를 집중한 거야. 그런데 얘들아, 강아지는 항상 주인보다 앞서가다가도 어떻게 하는 줄 아니?"

"뒤돌아봐요."

"역시 강아지를 키워서 아는구나. 뒤돌아보거든. 그러니 이달도 어떻게 했겠어? 뒤돌아봤겠지. 그런데 누가 강아지들 쪽으로 뛰어가는 거야? 어린아이가. 그렇게 셋이 함께 무덤들이 늘어선 논두렁으로 달려가는 거지. 그게 두 번째 구까지의 상황인 거지. 이달의 시선이 어떻게 옮겨가고, 확장되는지 머릿속에 그려지니? 처음엔 땅에서, 다음엔 앞으로, 그리고 뒤로, 다시 아이를 따라 정면으로 이동하면서 장면이 무덤이 길게 늘어선 들밭 전체로 확장되는 거지."

"와 영화 속 장면 같네요."

"그렇지. 여기서부터가 중요해. 아이와 강아지들이 늘어선 무덤 사이로 들어서려는데 술에 취한 할아버지가 비틀거리면서 걸어 나오는 거야. 그리고 아이는 할아버지를 부축하는 거지. 이해되니?"

"예."

"아냐, 다 이해하지는 못했을 거야. 선생님은 이거 이해하는 데 10년 걸렸거든. 자, 자기가 감정 연기 잘한다고 자부하는 사람 두 명 나와볼래? 얼른 아무나 나와봐."

몇 번의 실랑이 끝에 두 아이가 나온다. 나는 한 아이에게는 할아버지 역할을, 다른 아이에게는 손자 역할을 맡긴다. 그러고는 손자가 할아버지를 부축하는 장면을 연기하게 시킨다. 그럼 열에 아홉은 고목나무에 매미가 붙어 있는 것처럼 할아버지 역할을 맡은 아이는 멀뚱하니 서 있고, 손자 역할을 맡은 아이는 소매 끝이나 허리통을 붙잡고 있는 장면을 연출한다. 나머지 아이들은 그 장면을 보고 깔깔거리며 웃는다.

"얘들아, 지금 이 장면 어색하지 않아?"

"엄청 어색해요!"

"뭐가 어색한데?"

"그냥 전부 다요."

"한번 너희들의 할아버지나 아버지를 떠올려봐. 술에 잔뜩 취한 상태에서 비틀거리면서 너희에게 다가왔어. 그래서 부축했어. 그럼 그분들이 어떻게 하실 것 같아? 이렇게 고목나무처럼 가만히 서 계실 것 같아?"

"아뇨, 안아주실 것 같아요."

"그렇지. 분명 안아주실 거야. 왜 그런 줄 아니? 부끄럽고 미안했을 거거든. 할아버지의 처지에서 생각해 보렴. 장성한 아들뿐만 아니라, 마을 사람들 대부분이 죽고 논밭은 온통 황폐해졌어. 그런 상황에서 늙은 자신과 핏덩이 같은 손자만 덩그러니 남은 거야. 살고 싶으셨을까? 차라리 자기가 죽고 자식이 살아야 했다며 자책하지 않았을까? 죽고 싶지 않았을까? 그러니 취하지 않으면 버틸 수 없기에 연신 술을 들이켠 거겠지. 잠시나마 현실의 슬픔을 잊고 싶었을 테니. 그러다 해 질 무렵 겨우 정신을 차리고 비틀비틀 집으로 돌아가려는데 손자가 뛰어와서 부축하는 거야. 그 조막만 한 손으로. 그 순간 할아버지의 가슴이 뜨거워진 거야. 그제야 깨달은 거지. 자기가 착각하고 있었다는 걸. 그동안은 자기가 손자를 살리고 있었다고 생각했는데, 사실은 손자가 자신을 살리고 있었다는 걸. 손자가 할아버지의 꺼져가는 장작에 다시 불씨를 지핀 거지."

방금까지 수업을 일찍 안 끝내준다고 야유를 퍼붓던 아이들의 눈가가 점차 촉촉해진다. 나는 아이들에게 앞서 언급한 『태백산맥』 하장수 노인의 독백이 적힌 인쇄물을 나눠준다. 그리고 연기 톤으로 담담하게 구절을 읽는다. 아울러 간단하게 소설의 맥락을 설명해 준 뒤에 다시 말을 이어간다.

"하장수 노인의 독백을 보면서 선생님은 무슨 생각을 한 줄 아니? 이 시속 할아버지도 손자를 위해 어떤 말을 해줬을 거라고. 하장수 노인이 최악의 상황 속에서도 삶을 긍정했던 것처럼, 손자의 따뜻한 체온과 불씨를 느낀 할아버지는 타고 남은 재가 다시 기름이 된다는 시구처럼, 이번엔 자신이 손자에게 기름을 부어줄 말을 말이야. 길바닥 시인 이달은 아이와 할아버지가 함께 부둥켜안은 장면에서 우연히 할아버지의 입을 봤던 것 같아. 바로 옆에 있던 것은 아니기에 무슨 말을 하는지는 들리지 않지만, 분명 할아버지가 손자에게 어떤 말을 하는 것을 목격한 거지. 너희들이라면 무슨 말을 해줄 것 같니?"

"사랑한다고요."
"미안하다고 하지 않았을까요?"

"그냥 우셨을 것 같아요."

"정답은 없어. 뭐가 되었든 간절한 속내를 표현했겠지. 선생님은 '밥 먹자.'라고 했을 것 같아. 선생님 아버지 돌아가셨을 때 어머니도 그러셨거든. 아버지께서 갑작스럽게 돌아가셨기 때문에 장례식장은 정말 눈물바다였어. 어머니는 첫날 거의 사경을 헤매셨지. 선생님은 상주였기에 그런 어머니를 제대로 돌보지도 못하고 빈소를 지켜야 했어. 그런데 늦은 저녁 어머니께서 갑자기 일어나시더니 어디론가 가시는 거야. 걱정은 됐지만, 자리를 비울 순 없으니 선생님은 그냥 앉아 있었어. 얼마 후 어머니께서 다시 오시더니 누나도, 나도, 친척들도, 다 밥상 앞에 앉히시더라고. 그리곤 말씀하시더라. 밥 먹자고. 우리가 잘 먹고 몸 추슬러야 아버지 잘 보내드릴 수 있지 않겠냐고. 죽은 사람은 죽은 사람이고, 산 사람은 살아야 하지 않겠냐고."

그러면서 나는 미리 준비한 할아버지의 말이라며 아이들에게 들려줬다.

"네 아비도 죽고 대나무집 순심이도 죽고, 많은 사람이 죽어 저 논두렁에 묻혔지만 그래도 산 사람은 살아야지 않겠냐? 남은 우리라도 잡초도 뽑고, 씨도 뿌려야지 저리 밭을 내버려 둘 순 없지 않냐? 할아버지 말이 뭔 뜻인지 알제? 배고프지? 어여 가서 밥 묵자."

아이들은 다들 아무런 말 없이 생각에 잠겨있다.

"이 말을 들은 손자는 조용히 고개를 끄덕였을 것 같아. 자신의 주변에 벌어진 상황의 무게를 명확하게 인지하지는 못하더라도 할아버지의 말에 담긴 삶에의 의지만큼은 오롯이 전해졌을 거거든. 얘들아, 어쩌면 이 할아버지의 말과 손자의 끄덕임이야말로 몇백 년이 지난 지금까지 우리를 존재하게 한 원동력이 아니었을까? 이것이야말로 임진왜란을, 일제 강점기를, 6·25를, IMF를, 코로나19를 극복한 가장 원초적인 힘 아니었을까? 어쩌면 이달이 길바닥 위에서 시를 쓴 이유가 이거 때문 아니었을까? 그는 전쟁의 참상을 보라고 말하고 싶었던 게 아니라, 전쟁의 참상 속에서도 피어나는 불씨를 보라고 말하고 싶었던 게 아니었을까?"

한시에는 시의 잘 되고 못됨을 결정짓는 중요한 한 글자인 시안(詩眼)이 있다고들 한다. 시안을 찾는 안목이나 규칙의 문제를 떠나서 나는 아이들에게 처음 '전쟁의 참상'이란 주제로 이 시를 봤을 때는 어떤 글자가 시안인 것 같냐고 묻는다. 아이들은 보통 '塚(무덤 총)', '祭(제사 제)', '醉(취할 취)'를 고른다. 나는 스피노자였다면 醉를 골랐을 것이라 이야기를 한다. 비극적인 삶에 대한 회피와 우울, 저세상을 의욕 하기 위해 술주정뱅이를 자처하는 이들을 그는 경계했기 때문이다. 그리고선 시에는 직접적으로 담겨 있지 않은 두 사람의 포옹과 대화까지 나아간 상황에선 어떤 글자가 시안인 것 같은지 다시 묻는다. 그럼 아이들은 그동안 간과하고 있던 글자 '扶(도울 부)'를 지목한다. 그럼 나는 마지막으로 다시 이야기한다.

"그래, 扶지. 사실 扶는 슬픔과 기쁨 같은 감정을 표현하는 글자는 아니야. 연대를 통해 삶을 감당하고자 하는 강한 긍정을 담고 있는 글자지. 선생님이 좋아하는 스피노자는 이런 말을 했어. 우리가 서로 의지하며 살아간다면 미움이나 분노, 슬픔은 쉽게 정복되지는 않을지라도, 돕고 의지하지 않았을 때보다는 훨씬 짧은 시간에 정복될 수 있을 거라고. 다시 말해 서로가 서로에게 불씨가 되고 기름이 된다면 아무리 어려운 위기가 닥치더라도 견뎌낼 수 있다는 거지. 이렇게 되면 시의 주제도 바뀌는 것 같아. 이전에는 '임진왜란의 참상'이었다면, 지금은 '임진왜란의 참상, 그럼에도 불구하고 삶을 살아내는 공동체의 힘'이라고 말이야."

내 수업은 여기까지다.

나는 이달이 扶를 통해 임진왜란 직후를 살아가는 동시대의 사람들 그리고 후손들을 위해 하고 싶었던 말이 '상호우정과 공동사회에서 생기는 선을 통해 미움과 분노, 나쁜 정서를 정복하라.'는 스피노자의 말과 닿아있는 것 같다. 단순히 전쟁의 참상과 슬픔을 바라보며 느끼는 애달픔이 아니라, 그런 상황에서도 좌절하지 말고 서로 의지하며 살아가자는 말을 하고 싶었을지도 모른다는 말이다. 아니, 비록 이달은 그럴 의도가 없었더라도 우리는 이 扶를 그렇게 이해하며 이 사회를 살아가는 동력으로 삼아야 하지 않을까?

한문 교사로서 어떻게 아이들을 가르쳐야 하는가? 특히 냉소와 부정으로 얼룩진 현대 사회에서 앎을 확장하는 삶만큼이나, 삶을 확장하는 앎도 중요함을 어떻게 일깨워줄 수 있을까? 답은 간단하다. 고전 속에 담긴 가르침대로 살려고 노력하면 된다. 팔 걷어붙이고 잡초 뽑고 씨 뿌리며 우직하게 밭을 가꾸면 된다. 병충해를 두려워하며 씨 뿌리기를 주저하는 농부는 없잖은가? 힘들 때 서로 부축할 수 있도록 돕는 일, 절망적일 때 웃으며 고개를 끄덕일 수 있도록 용기를 주는 일, 아이들의 가슴에 긍정의 낟알 하나 심어주는 일, 작은 불씨에 기름 한 방울 떨어뜨려 주는 일이 한문 교사로서 내가 해야 할 일이 아닐까?

사족. 최근 홍은전 작가의 『나는 동물』이란 책을 읽었다. 책을 읽는 와중에 이 글을 퇴고하는데, 문득 예전에는 간과했던 시 속 백구와 누렁이가 눈에 들어온다. 분명 할아버지와 아이가 포옹하고 있을 때, 저 두 강아지도 곁에서 함께 온기를 나눴을 것이다. 불씨와 기름을 주고받는 대상이 비단 인간만은 아니란 말이다.

"우리 학교가 파주 용미리 근처에 있다 보니 출퇴근길에 지겹도록 마주치는 게 무덤이잖아요. 그런데 기어코 경주까지 여행 가서도 무덤 앞에서 셔터 버튼을 눌러버렸어요. 아마 왕족들의 무덤이었던 것 같아요. 고요해야 할 것 같은 무덤가가 이제는 줄을 서야지만 사진을 찍을 수 있는 유명한 포토존이 되었습니다. 정작 이 왕들이 죽고 묻혔을 때는 온 나라가 초상집 분위기였을 텐데, 이 근방에서 이곳이 오히려 가장 활기차고 생동감이 넘치는 공간이라는 게 참 재미있는 역설이라고 느껴졌네요. 절망 속에서도 불씨가 피어나는 것처럼, 무덤에서도 웃음꽃이 필 수 있겠다는 생각을 조심스럽게 해봤습니다."

[4]

깃발을 들고 가라!

> 성공이 당신에게 오는 것이 아니라, 당신이 성공을 향해 가는 것이다.
>
> — 마르바 콜린스

수업 시간에 판서하려는데 칠판 구석에 저 글귀가 적혀 있었다. 1학기 2 차 지필평가를 앞두고 초조해하는 친구들을 위해 같은 반 아이가 적어놓은 것 같았다. 언뜻 보기에도 좋은 의미고, 한 글자 한 글자 투박하지만 정성 스럽게 쓴 티가 나서 일부러 글귀 앞에 서서 두어 번 소리 내 읽었다. 그 모 습을 보고 앞자리 앉은 아이가 귀띔해 줬다.

"선생님, 그거 준서가 쓴 거예요! 잘 썼죠?"

그 말을 듣고 나 역시 맞장구를 치며 준서를 칭찬했다. 준서는 수줍어하면서도 자기가 쓴 걸 알아봐 준 것에 내심 기분 좋은 표정이었다. 나는 속으로 차라리 잘 됐다고 생각했다. 시험 범위 진도도 거의 마친 상태였고, 시험을 앞두고 불안해하는 표정이 역력한 아이들이 많았기에 동기 부여가 될 만한 한문 구절을 소개해주면 좋을 것 같아서였다.

어떤 구절을 다룰까 고민하던 중 『논어』 「옹야 10」에 나오는 '도중에 그만두다.[中道而廢 : 중도이폐]'가 떠올랐다.

염구가 말하였다. "저는 스승님의 도를 좋아하지 않는 것은 아니나, 힘이 부족합니다." 공자께서 말씀하셨다. "힘이 부족한 자는 도중에 그만두는 것이니, 지금 너는 (스스로) 한계를 긋는 것이다."(『論語』 「雍也 10」 冉求 曰 非不說子之道, 力不足也. 子曰 力不足者, 中道而廢, 今女畵.)

특히 '廢(폐할 폐)'를 중국 학자 정현은 '그만두다.'로 풀이했지만, 다산 정약용은 '기력이 다해 쓰러져 죽다.'로 풀이했다는 것을 소개함으로써 '힘이 남아 있음에도 도중에 그만두다.'라는 일반적인 해석보다는 '힘이 다해 쓰러져 죽더라도 목표를 향해 나아가다.'라는 해석에 주목하게 해주고 싶었다. 이를 통해 끝까지 포기하지 않고 나아가겠다는 삶에의 의지를 전하고자 했다. 이에 나는 칠판에 아래와 같은 그림을 그렸다.

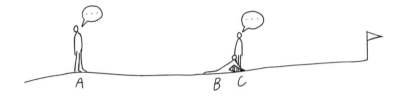

A에 대한 설명부터 시작했다. A처럼 도중에 멈춰 서서 스스로 "저는 역부족이에요."라고 하는 사람은 힘이 부족한 것이 아니라, 하고자 하는 의지가 부족한 것이라고 말해주었다. 이들의 공통점은 과거 자신이 이룬 영광, 안락, 업적에 대한 미련을 버리지 못하기 때문에 항상 뒤를 돌아본다고도 했다.

반면에 B처럼 도중에 쓰러진 사람은 말할 시간과 힘마저도 한 걸음을 내딛는 데 쓰기에 결코 스스로 "역부족이다."라고 말하는 법이 없다고 이야기해주었다. 이런 사람들은 의지는 넘치나 힘이 부족한 것이며 이들의 공통점은 쓰러져 죽어가는 순간에도 절대 뒤를 돌아보는 법 없이 마지막 숨이 다할 때까지 앞에 있는 목표만을 응시한다고도 했다.

그리고 『논어』 원문에 없는 C에 대한 설명도 덧붙였다. 목표를 이루기 위해 자신의 삶 전부를 쏟았던 이들의 마지막을 곁에서 지켜본 사람들에 대해서 말이다. 힘이 다해 쓰러졌음에도 끝까지 포기하지 않고 한치라도 더 나아가기 위해 두 팔로 기었을 이들을 보며 C는 "B는 죽는 순간까지 최선을 다했어요. 제가 똑똑히 봤어요. 하지만 목표를 이루기엔 역부족이었어요."라고 말했을 것이라고 했다. 그렇기에 '역부족'이라는 말은 때로는 핑계이지만, 때로는 찬사일 수도 있다고 강조했다.

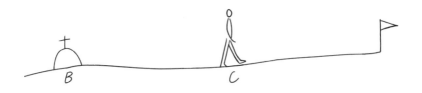

덧붙여 나는 B가 보여준 중도이폐의 모습은 C의 삶을 송두리째 흔들었을 것이라고 했다. 이토록 짙고 강한 삶에의 의지를 두 눈으로 목격하면 자기 안에 잠들어 있던 불씨가 공명하는 법이라고. 따라서 C는 B가 쓰러졌던 그 자리부터 다시 걸어갈 것이 분명하다고 단언했다. 이걸 가장 잘 표현한 사람이 "초인을 향해 나아가는 한 발의 화살이 되어라."라고 한 니체이며, 삶에 대해 냉소하는 사람들이 "거봐, 있는 힘껏 화살을 쏘면 뭐 해? 어차피 저렇게 바닥에 떨어지는걸."이라고 비웃을 때, 니체는 "그래, 화살은 결국 땅에 떨어지지? 하지만 내가 전력을 다해 화살을 쐈던 것을 지켜본 누군가는 떨어진 화살을 주워, 다시 그 자리에서 저 멀리 어딘가를 향해 있는 힘껏 쏠 거야. 그렇게 화살은 새로운 곳을 향해 끊임없이 날아가게 되는 거지."라고 했다는 사실도 알려주었다.

그러면서 힘든 기숙형 고등학교 생활을 잘 견디며 자신이 원하는 목표를 이뤘던 본교 선배들의 일화를 들려주었다. 머릿속에 생긴 혹 때문에 두통이 심해 앞을 보고 수업을 할 수 없는 상황에서도 엎드린 채 귀로 들으며 공부했던 1기 선배, 백혈구 수치가 정상보다 훨씬 높은데도 조별 학술 과제를 마무리하기 위해 호실 화장실에서 밤새도록 전공 서적을 탐독했던 3기 선배, 고열로 급히 응급실에 가면서도 학습 자료를 손에서 놓지 않았던 6기 선배, 그 밖에도 내가 직접 목격했던 사례들을 생생하게 전달했다. 이를 통해 조금이나마 이 수업을 듣고 있는 1학년 10기 아이들이 그 의지를 이어받아 꿈을 향해 나아가 주길 바란다는 진심을 전했다.

수업은 나름 성공적이었다. 어떤 아이는 좌우명으로 삼겠다며 스터디 플래너에 한자로 中途而廢를 써놓았고, 어떤 아이는 앞서 언급한 선배들과 만나보고 싶다며 연락처를 알려줄 수 있냐고 물었다. 또 어떤 아이는 『논어』와 니체의 책을 읽어보겠다고도 했다.

그렇게 수업을 마치고 교실을 나오는데 준서가 따라 나왔다. 상담하고 싶다는 것이었다. 교무실로 데려와 고민거리가 무엇인지 물으니 준서는 눈물을 보이며 자신의 답답한 심정을 토로했다. 아이의 고민은 명확한 꿈이나 목표가 없다는 것이었다. 자기는 그저 부모님께서 시키는 대로 학원에 다니며 공부했을 뿐이고, 본교에 지원한 것도 학교 선생님의 권유 때문이었다고 했다. 게다가 중학교 3년 내내 코로나19로 인해 제대로 된 진로 탐색이나 활동도 못 한 데다가 미래와 삶에 대해 부모님을 제외한 누구와도 속 깊게 대화를 나눠본 적이 없다고도 했다. 그런데 고등학교에 입학하니 친구들은 목표를 향해 달려가는 것 같고, 선생님들은 진로에 맞게 선택과목을 정하고 관련 활동을 해야 한다고 하니 명확한 꿈이 없는 자신은 점점 더 도태되는 것 같아서 초조하다는 것이었다. 칠판에 저런 글귀를 적은 이유도 자기에게 조금이나마 자극을 주고 싶어서였다고 했다.

자초지종을 듣고 나니 아이들을 위한다고 했던 이야기가 오히려 괜한 오지랖이었던 것 같아 마음이 좋지 않았다. 준서만이 아니라, 1기부터 9기까지 그동안 거쳐 간 아이들도 비슷한 고민을 토로했었던 게 생각나서 더욱 그랬다. 그렇다고 당장 준서에게 도움이 될 의미 있는 답변도 떠오르지 않았다. 잠시 정적이 흘렀다. 그때 문득 졸업한 5기 제자 동하가 했던 말이 귓가에 맴돌았다.

"선생님, 저는 제가 어디까지 갈 수 있을지 너무 궁금해요."

동하는 호기심이 많고 에너지가 넘치는 아이였다. 학생회를 비롯한 교내 활동에 열정적으로 참여했는데 그중에서도 인문·철학 관련 행사는 절대 빠지지 않았다. 1, 2학년 때는 교과 담당 교사였기에 그런 동하가 내심 안타까웠다. 아무리 활동을 열심히 한들, 내신 성적이 뒷받침되지 않으면 학생부 종합전형에서 좋은 성과를 거두기가 어렵기 때문이었다. 아이를 불러 조언을 해줄까도 생각해 봤지만, 담임교사도 아닌데 괜히 찬물을 끼얹는 것 같아 그만뒀었다. 그런데 동하가 3학년 때 우리 반이 된 것이다.

역시나 동하의 내신 성적은 그리 높지 않았다. 그래서 더 아쉬웠다. 생활기록부를 보니 1, 2학년 과세특과 창체 활동란이 매우 알차게, 더 정확히 말하면 '동하'라는 아이의 대체 불가능한 특성을 잘 파악할 수 있는 독창적인 내용으로 기록되어 있었던 것이다. 그러다 보니 3월 첫 상담 때에 혹시나 아이가 자신의 현실에 주눅 들까 봐 애써 정시에 집중하되 수시도 포기하지 말라고 달래주었다. 그런데 동하는 한 치의 망설임도 없이 말했다.

"선생님, 저 지난 2년 동안 하고 싶은 거 다 해봤어요. 올해는 공부만 해보려고요."

아이는 자신이 한 말이 그저 허풍이 아님을 증명이라도 하듯, 수도승처럼 공부했다. 원래도 말랐던 녀석이 더 말라가고, 머리카락도 자르지 않고 계속 길렀다. 조례 때 모습 그대로 종례 때까지 공부했다. 얼마나 열심히 했는지 한 번은 옆자리 아이에게 "동하가 오늘 자리에서 일어난 적이 있냐?"고 물어봤을 정도였다. 정말 도를 닦는 것 같았다. 성적도 그에 걸맞게 올랐다. 고3 입시 경험이 많은 동료 선생님들도 이렇게 일취월장하는 경우는 드물다고 했다.

한편으론 대견스러우면서도 다른 한편으론 이러다가도 수능 가서 미끄러지는 경우를 많이 봐왔기에 9월 상담 때에 동하에게 논술 전형과 수시 상향 지원을 제안했다. 사실 사전에 학부모님으로부터 동하를 설득해 달라는 부탁도 받은 터였다. 그런데 동하는 나를 보고 해맑게 웃으면 자기가 어디까지 갈 수 있을지 너무 궁금하다는 말을 한 것이다. 자신은 살면서 올해처럼 모든 시간과 노력을 쏟아서 공부한 적이 없었으며, 성인이 되면 공부에만 전념할 수 없을 것이기에 이 순간을 즐기며 한계를 시험해 보고 싶다는 것이었다.

당시 동하는 몸무게가 60킬로도 나가지 않았으며 학년 초부터 기른 머리카락은 어깨까지 내려왔고 목이 해지고 늘어난 티셔츠를 입고 있었는데, 볼품없는 겉모습과 달리 밝고 강렬한 눈빛과 환한 미소로 나를 바라보던 아이의 얼굴을 지금도 또렷이 기억한다. 그런 동하를 보며 고대 탐험가들이 저런 얼굴로 길을 나섰겠다는 생각이 들었다. 등에 배낭을 메고 한 손에는 지도를 다른 한 손에는 깃발을 들고 이미 남들이 발견한 장소를 목표로 삼는 것이 아닌, 아무도 가보지 못한 장소에 깃발을 꽂는 것을 목표로 삼는 탐험가들 말이다. 자신만의 새로운 지도를 만들고자 하는 동하에게 대학의 배치표를 들이밀며 상담을 했던 내가 초라하게 느껴졌고, 이것이 공자가 말한 '뒤에 태어난 사람이 두려워할 만하다.[後生可畏 : 후생가외]'구나 싶었다.—후일담으로 동하는 수능이 끝나는 날 길었던 머리카락을 잘랐다. 그동안 기른 게 아깝지 않냐는 말에 원래부터 소아암 환자들에게 기부하려고 길렀던 것이라 전혀 아깝지 않다고 했다.

그때의 기억과 감정을 곱씹으며 준서에게 정해진 목표를 향해 나아가는 선배들도 있었지만, 자기 자신이 걸어가는 거기까지를 목표로 삼았던 동하 같은 선배들도 있었다는 사실을 알려주었다. 아울러 멀리 나부끼는 깃발을 끝까지 응시하며 한 발 한 발을 신중하게 걸어가는 사람도 본받을 필요가 있지만, 자신이 직접 깃발을 들고 '내가 이 깃발을 들고 어디까지 갈 수 있을지'를 설레어하며 경쾌하게 걸어가는 사람도 충분히 본받을 가치가 있다고도 말해주었다.

준서는 좋은 아이였다. 나의 두서없는 이야기를 끝까지 경청해 주었다. 그러고는 감사하다는 말과 함께 다음 수업을 들으러 후다닥 교실로 돌아갔다. 그렇게 한 주가 흘러 다음 수업 시간이 되었다. 그날도 판서하기 위해 칠판 쪽으로 돌아섰는데 예전 그 글귀가 살짝 바뀌어 있었다. 나는 저번처럼 들으라는 듯이 큰소리로 읽어주었다.

성공이 당신에게 오는 것이 아니라, 당신이 성공을 **들고** 가는 것이다.

– 안기종 선생님

※ 깃발을 들고 경쾌하게 걸어가는 한민고 10기 김나윤 학생이 그린 그림입니다.

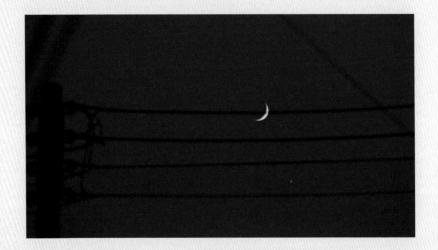

나는 삶을 말하는 교사입니다

"달 모양이 이뻐서 무심코 찍은 사진이에요. 그런데 한참 뒤에야 달이 음표처럼 전깃줄에 걸려 있었다는 걸 알게 됐어요. 아무래도 저는 예술이 눈앞에 있는데도 그걸 잘 알아채지 못하는 사람인가 봐요. 아니, 꼭 저만 그런 게 아니라, 대부분의 사람이 그런 걸까요? 그것이 예술이든 깃발이든 성공이든 목표든, 그 무엇이든 간에 이미 우리 눈앞에 있음에도 항상 뒤늦게야 깨닫게 되는 걸까요?"

[5]

기꺼이 용 잡는 법을 가르치겠다

"선생님, 저 진로를 다른 쪽으로 바꿔야 할까 봐요."

"왜? 어렸을 때부터 과학 교사 되고 싶어 했잖아? 그래서 관련 활동도 꾸준히 했고."

"그렇긴 한데요. 부모님께서 앞으로 아이들 숫자가 많이 줄어서 교사 되기 힘들 거고, 되더라도 적응하기 어려울 텐데 괜찮겠냐고 걱정하시더라고요. 차라리 이공계 쪽으로 준비하는 게 낫지 않겠냐고…."

"부모님 말씀이 틀린 건 아니지. 지원이 생각은 어떤데?"

"잘 모르겠어요. 좋아하는 걸 해야 할지, 아니면 안정적인 걸 해야 할지."

마음이 불편한 상담이었다. 물론 내 직업이 교사이기에 그에 대한 불안한 전망을 아이의 입을 통해 듣는 게 불편했던 것도 있었다. 그러나 더 큰 이유는 평소 지원이를 보면서 '나중에 지원이 반 아이들은 정말 행복하겠다.'라는 생각을 자주 했을 정도로 교사라는 직업과 잘 어울려서였다. 하지만 부모님의 입장도 충분히 이해되기에 무턱대고 반론을 제기할 순 없었다. 최근 교육 현장에 몸담은 동료들이 스트레스와 분쟁 등으로 스스로 생을 마감하는 안타까운 일들이 연달아 일어나고 있고, 공교육 붕괴, 학령인구 감소, 교권 추락과 같은 '교육 위기설'을 다루는 기사들이 넘쳐나는 상황에서 부모로서는 얼마나 마음이 쓰였을지 공감이 되어서였다. 무엇보다 내가 아이의 삶을 책임질 수 없는 상황에서 섣부른 조언은 주제넘지 않나 라는 생각도 한몫했다. 그러다 보니 지원이가 선택하는 데 도움 될 말은 해주지 못한 채 어중간하게 상담을 마무리했다.

마침 그날 오후 우리 학교를 졸업한 민정이와 진아가 찾아왔다. 둘 다 재학 시절 활달하고 긍정적인 성격으로 꿈을 향해 열심히 노력해서 원하는 대학에 입학한 친구들이었다. 때로는 어른의 한마디 조언보다 비슷한 또래의 격려가 도움이 되는 법이다. 그래서 나는 이때다 싶어 급히 간담회 자리를 마련했다. 민정이는 아나운서가, 진아는 국어 교사가 꿈이었기에 나와 상담한 지원이뿐만 아니라, 진로를 고민하는 반 아이들에게도 좋은 자극이 되리라 기대했다. 두 친구도 이런 의중을 잘 헤아려 흔쾌히 간담회 제안에 응해주었다. 나는 졸업생과 재학생이 웃으며 대화를 나누는 것을 창밖에서 지켜보며 서로 간에 좋은 시너지 효과가 나길 진심으로 기도했다. 실제로 간담회는 훈훈하게 잘 마무리가 되었다.

고마운 마음에 저녁 식사를 대접하고 인근 버스 정류장까지 차로 데려다 주는데 민정이가 말문을 열었다.

"제가 아나운서가 될 수 있을까요?"

"당연하지. 선생님이 교직 생활하면서 너처럼 아나운서와 잘 어울리는 사람은 본 적이 없어. 지금 대학교 방송국 아나운서도 맡고 있잖아? 듣기론 그거 진짜 되기 어려운 거라면서?"

"그렇긴 한데요. 현직에 계신 분에게 컨설팅을 받거나 대학 졸업 선배들 이야기를 들어보면 다들 하나 같이 거의 불가능할 거라고 이야기하더라고요. 아무리 실력이 뛰어나도 방송국에서 원하는 스타일이 있으니깐 카메라 테스트를 통과하기도 쉽지 않을 거라고요. 그래서 이 길을 가는 게 맞나 고민이 많아요."

기다렸다는 듯이 진아도 이야기를 털어놨다.

"저도 비슷해요. 갈수록 교사 임용되기가 어려워지는 상황이라 대학 선배들도 상당수가 복수 전공을 하거나 전과를 고민하더라고요. 아니면 애초에 교사 말고 취업을 위해 다른 업종으로 인턴을 나가거나, 고시 준비를 하기도 하고요. 어떻게 해야 할지 모르겠어요."

아차 싶었다. 앞서 말했듯 고등학교 때 워낙 밝고 긍정적인 친구들이었던 데다가 원하는 대학까지 갔으니 더 이상의 걱정은 없을 것이라 대수롭지 않게 여겼다. 하지만 방학도 아닌 학기 중에 서울에서 멀리 파주까지 찾아올 정도로 그간 고민이 많았던 것이다. 그런 속도 모르고 혼자 신나서 후배들 고민 상담 좀 해주라고 부탁했으니 얼마나 그 자리가 가시방석이었을지 안 봐도 눈에 훤했다. 나 편해지자고 제자들에게 일을 떠넘긴 것 같아 미안한 마음이 들었다.

"며칠 전에 저희 둘이 밥을 먹는데 고등학생 때로 돌아가고 싶다고 서로 신세 한탄했어요. 선생님과 밤늦게까지 상담하고, 친구들과 운동장 돌며 서로 고민 들어주고. 그땐 지금보다 훨씬 막막했는데도 더 행복했던 것 같아요. 그래서 오늘 불쑥 찾아온 거예요. 그런데요, 선생님. 막상 후배들과 이야기를 나눠보니 '아 맞아, 고등학생 때도 진짜 힘들었지.'라는 생각이 들더라고요. 후배들이 참 안쓰러워요."

싱숭생숭한 상황에서도 후배들을 걱정하는 두 아이가 대견스러웠다. 그때 문득 2017년 본교 교직원 전체가 대전으로 워크숍을 갔던 날이 기억났다. 그날 학교에선 카이스트 이승섭 교수님을 초빙하여 강연을 진행했었다. 당시 교수님께서는 강연 중에 '용 잡는 법을 가르치는 스승'에 관한 이야기를 했었다.

"어느 마을에 총명한 아이가 있었습니다. 어른들은 이 아이가 나중에 크게 성공해서 마을을 빛낼 것으로 생각했죠. 그런데 아이에게는 꿈이 있었습니다. 용을 잡는 것이었죠. 소년이 된 아이는 진짜로 용 잡는 법을 가르쳐줄 스승을 찾아 길을 나섰습니다. 그러나 전국을 돌아다녔지만, 용 잡는 법을 가르쳐줄 스승은 찾을 수 없었습니다. 세월을 보내다 드디어 어느 깊은 산속에 그런 인물이 칩거 중이란 소문을 듣게 되었고 아이는 천신만고 끝에 용 잡는 법을 가르쳐줄 스승과 마주하게 되었습니다. 무릎을 꿇고 제자 삼아 달라는 간곡한 부탁에 스승은 '10년의 고된 수련 기간을 견딘다면 가르쳐주겠다.'라는 말을 합니다. 아이는 이 말에 진심으로 화답했고, 정말로 그 힘들고 고된 수련을 끝까지 완수해 냈습니다. 10년의 세월이 흘러 어느덧 청년이 된 아이는 스승에게 하직 인사를 올리고 용을 찾아 방방곡곡을 다녔습니다. 용에 관한 전설이 있는 곳이라면 어느 곳이든 달려가 샅샅이 뒤지고 수소문을 했죠. 그렇게 다시 10년이 흘러 서른이 된 아이는 비로소 깨닫게 됩니다. 세상에 용은 존재하지 않는다는 사실을."

그러고는 교수님께서는 우리 학교 선생님들에게 질문을 던졌다.

"그 아이는 어떻게 되었을 것 같나요?"

나는 선뜻 답이 떠오르지 않았다. 그런데 한 재치 있는 선생님께서 대답했다.

"용 잡는 법을 가르치는 스승이 됐을 것 같습니다."

그 말에 교수님께서도 동의하며 말을 이었다.

"맞습니다. 그 아이는 산속으로 들어가 용 잡는 법을 가르치는 스승이 되었습니다."

그 말에 자리에 있던 선생님들 모두 웃음을 터뜨렸다.

"그런데 저는 제가 그 용 잡는 법을 가르치는 스승이 아닐까 생각을 합니다. 아울러 그 아이의 스승은 세상에 용이 없다는 것을 알고도 아이를 가르쳤던 것인지도 궁금합니다. 어쩌면 우리 사회가 바로 이 용 잡는 방법을 가르치는 사회 아닐까요? 우리는 평생 한 번도 써먹지 못할 내용을 배우고 익히기 위해서 귀중한 시간을 낭비하고 있는 것은 아닐까요? 더구나 그 고된 과정에서 불필요하게 고민하고 때로는 쓸데없이 좌절하면서 정작 학교에서 배워야 할 더 중요하고 필요한 것들은 미처 배우지 못하고 있는 것은 아닐까요?"

그 말에 동료 선생님들은 자못 숙연해졌다. 아마도 다들 자신을 돌아보는 듯했다. 그러자 교수님께선 이 우화를 바탕으로 한국 사회의 교육 문제를 심도 있게 논하셨다. 교수님의 논의는 매우 시의성을 가진 주제였기에 자리에 있던 선생님들도 자연스럽게 그 논의에 무젖어 들어갔다. 그러나 나는 아직 우화에서 헤어 나오지 못하고 있었다. 지금 생각해 보면 그때 나는 매우 혈기 왕성했던 것 같다. 신임 교사인데다가 진지한 강연 분위기에 압도되어 손을 들고 말하지는 못했지만, 교수님을 또렷이 바라보며 속으로 외쳤다.

'교수님! 저는 그 아이의 스승은 용이 있다고 믿고서 아이를 제자로 받아들여 줬다고 생각합니다. 그리고 아이 또한 여전히 용이 있다고 믿고 있으며, 그저 자신이 용을 만나지 못했을 뿐이라고 생각할 것이라고 확신합니다. 저는 10년이란 세월을 용 잡는 법을 익히는 데 써야만 한다는 스승의 당부 속에 그 답이 있는 것 같습니다. 그 기간은 실상 용을 잡는데 필요한 기술을 가르치기 위한 시간이 아니라, 이상과 꿈, 손에 잡히지 않는 불확실한 대상을 상대하는 의지, 신념, 방법, 태도를 가르치는 시간이었을 겁니다.

아이는 애초에 마을 사람들이 기대하는 돈과 명예에는 관심이 없었습니다. 그는 자신의 능력을 남들과는 다른 것을 위해 쏟고 싶었습니다. 저는 이 아이가 마을을 떠난 이유는 용 잡는 법을 배우고 싶단 열망만큼이나 고독함도 큰 부분을 차지했을 거로 생각합니다. 그렇기에 스승을 봤을 때는 좋은 벗을 만난 것처럼 기뻤을 것 같습니다. 같은 방향을 바라보고 같은 꿈을 가진 사람이니 말입니다.

저 우화에서 우리가 고민해봐야 할 게 한 가지 더 있습니다. 혹여라도 아이가 용을 잡으면 어떻게 했을까요? 마을 사람들 입장에선 아이가 여의주와 비늘, 뿔을 팔아서 번 돈으로 마을을 부흥시켜 주거나, 용을 잡은 영웅으로서 공주와 결혼을 하여 왕이 태어난 마을이란 칭호를 받고 싶었을 겁니다. 하지만 저는 용을 잡더라도 아이는 결코 그들의 생각처럼 행동하지 않았을 것 같습니다. 분명 또 새로운 용, 아니 더 강한 무엇을 찾아 떠나겠죠. 원래 그런 아이니까요.

반대로 용을 잡지 못했다고 해서 그를 철없는 사람, 동정받아야 할 사람, 현실과 타협한 사람이라고 보는 것은 마을 사람들의 입장일 뿐인 것 같습니다. 그가 제자를 키우는 이유는 기술을 가르쳐서 번 돈으로 생계를 유지하기 위해서라기보단 스승에게 배운 의지, 삶의 태도를 다시 제자에게 전수하기 위함이었을 겁니다. 남들과 다른 꿈을 꾸기에 고독했던 자신에게 스승이 벗이 되어주었던 것처럼 자신도 그런 이들에게 벗이 되어주고 싶었을 것이기 때문입니다.

제가 드리고자 하는 말은 우리 학교 선생님들은 모두 용이 반드시 있다고 믿으면서 잡는 법을 가르치는 교사라는 겁니다. 아울러 용이 반드시 있다고 믿고 있는 학생들이 우리 학교에 들어오길 바라고 있다는 겁니다. 그런 학생만이 저희의 벗이 될 수 있으니까요.

물론 최선을 다해 용 잡는 법을 배워서 세상에 나갔어도 용을 만나지 못할 수 있습니다. 하지만 애초에 세상에 둘도 없는 금은보화나 사람들의 추앙을 추구했던 것이 아니라, 용을 잡는데 필요한 의지와 진정한 삶의 가치 그리고 함께 나아갈 벗을 추구 했기에 분명 용을 만나지 못하더라도 각자의 자리에서 훌륭한 사람으로 살아갈 것이라 자부합니다. 하물며 용을 만나지 못하면 또 어떻습니까! 용을 잡겠다는 의지만 있다면 용 잡는 기술로 용보다 악한 범죄자도 잡을 수 있고, 용보다 교묘한 사기꾼도 잡을 수 있

고, 용보다 비열한 탐관오리도 잡을 수 있을 테니까요.'

　이렇듯 호기롭던 나였다. 그런데 지난 몇 년간, 도대체 내게 무슨 일이 있었기에 용이 있다고 확신하던 교사에서 용이 없을지도 모른다고 체념하는 교사가 되어버린 것일까? 30대의 청년이 40대의 중년이 된 탓일까? 아니면 이제야 비로소 세상 물정을 제대로 보게 된 것일까? 그것도 아니면 의지를 전승한다는 것에, 삶을 살아가는 태도를 가르친다는 것에 얼마나 큰 책임이 뒤따르는지 깨달았기 때문일까?

　잠깐의 침묵을 거두고 민정이와 진아에게 용을 잡는 법을 가르치는 스승의 우화와 내가 마음속으로만 외쳤던 답변을 들려주었다. 아울러 일단 지금은 안 된다고 생각하지 말고, 꿈을 이루기 위해 최선을 다하라고 격려했다. 그래야 후회가 없고, 혹여 나중에 다른 일을 하게 되더라도 이전의 경험을 발판 삼아 더욱 높이 도약할 수 있을 거라고 말해주었다.

　그렇게 둘을 버스 정류장에 내려주고 학교로 돌아가는데 불현듯 『논어』와 스피노자가 쓴 『에티카』의 구절이 떠올랐다.

공자께서 진나라에서 양식이 떨어지고 따르는 사람들이 병들어 일어나지 못하였다. 자로가 성난 얼굴로 공자를 뵙고 말하였다. "군자도 궁할 때가 있습니까?" 공자께서 말씀하셨다. "군자는 곤궁에 처해도 도를 지

켜 의연하지만, 소인은 곤궁에 처하면 못 하는 짓이 없다." (『論語』 「衛靈

公 1」 在陳絕糧, 從者病, 莫能興. 子路慍見曰 君子亦有窮乎 ? 子曰 君

子固窮, 小人窮斯濫矣.)

만일 행복이 눈앞에 있다면 그리고 큰 노력 없이 찾을 수 있다면, 그것이

모든 사람에게서 등한시되는 일이 도대체 어떻게 있을 수 있을까? 그러

나 모든 고귀한 것은 힘들 뿐만 아니라, 드물다. (『에티카』 5부)

공자는 제자들과 함께 왕도정치, 즉 백성을 사랑하는 인본주의적인 정치
를 할 제후를 찾아 전국을 떠돌아다녔다. 그러나 공자 일행에게 돌아온 건
핍박과 굶주림뿐이었다. 그런 스승의 처량한 모습을 보자 제자 자로는 더
는 참지 못하고 하소연을 했다. 우리가 남들처럼 돈과 명예 같은 현실적인
욕망을 좇고 있는 것이 아니지 않냐고. 우리는 백성을 구제하고 인의를 실
천하며 도를 좇는 것이지 않냐고. 그런데 왜 좋은 취지를 가지고 있는 우리
의 삶이 이리도 고통스러운 것이냐고 말이다.

공자는 자로의 하소연에 공감과 위로로 답하지 않았다. 오히려 자로가
자기 안에 있는 의지와 능력을 자각하도록 했다. 군자의 삶을 지향하고 대
의를 따르기에 이렇게 외부 환경이 녹록지 않아도 꿋꿋하게 버틸 수 있는
거라고 말이다. 만약 돈과 명예 같은 세속적인 것에 매여 있었다면 이미 예

전에 못 버티고 타락해 버렸을 거라고 일깨워준 것이다.

스피노자도 마찬가지다. 그는 생전에 자신의 견해를 부정하는 신교도의 광신도 자객에게 습격을 받은 적이 있었다. 그런데 스피노자는 자객의 단검에 찢긴 외투를 태연히 입고 다녔다. 누가 그 이유를 묻자 그는 사람들이 사유를 언제나 사랑하는 것은 아니라는 사실을 보다 잘 기억하기 위해서라고 답한다. 그 역시 공자처럼 울분과 서운함에 잠식되기보단, 이럴 때일수록 자기 안의 능력과 의지를 이성적으로 돌아보는 것이 중요하다고 판단했다. 통제할 수 없는 외부 환경에 흔들리느니 차라리 통제 가능한 내면에 집중하는 게 가치 있다고 본 것이다.

왜 나는 오늘 있었던 졸업생들과의 대화와 용 잡는 법을 가르치는 스승의 우화에서 이 구절들을 떠올렸을까? 아무래도 교사로서 아이들에게 저들처럼 강단 있는 모습을 보여주지 못한 것에 마음이 쓰였던 것이리라. 이에 잠시 주차장에 차를 세워놓고 민정이와 진아에게 문자 메시지를 남겼다.

"아까는 선생님이 확신이 없어서 제대로 이야기하지 못했는데 이제라도 너희들에게 분명히 약속할게. 선생님은 앞으로도 기꺼이 용을 잡는 법을 가르치는 교사로 학교에 남을게. 그러니 너희도 용을 잡겠다는 꿈 끝까지 포기하지 마. 우리니깐 지금껏 버틸 수 있었던 거야. 고귀한 것은 힘들 뿐만 아니라, 드물어."

나는 삶을 말하는 교사입니다

"이정표는 목적지일까요? 방향일까요? 행정구역상 구별은 있지만, 어디서부터 고양시, 어디서부터 서울인지에 대한 것은 물리적인 경계보다는 심리적인 경계에 훨씬 가까운 것 같습니다. 이미 서울에 진입했어도 63빌딩이나 롯데 타워를 보아야 '드디어 서울이구나!' 하는 것처럼요. 끝에 다다라서 결국 굴속에 숨어 있는 용을 잡았다는 사실보다도, 어쩌면 용을 잡기 위한 모든 일련의 준비 과정이 이미 용을 잡은 것과 동일한 값일지도 모르겠네요. 저도 그 당시 카이스트 교수님과의 문답이 너무 인상적이었는데, 선생님 글에서 그 대화를 또 만나니 너무 반갑네요."

[6]

새로운 나를 위한 발자국

신학기 첫 상담 때 반 아이들에게 하는 질문이 있다.

"왜 굳이 우리 학교에 왔니?"

일반적인 학교에서 담임교사가 첫 상담 때 이런 질문부터 한다면 대부분 불쾌함과 당혹스러움을 느낄 것이다. 그러나 우리 학교 아이들은 이 질문을 받으면 드디어 올 게 왔다는 듯 대답한다.

"의사가 되고 싶어서요."

"여기라면 꿈을 찾을 수 있을 것 같아서요."

"아빠가 최전방 부대로 배치되셔서 어쩔 수 없이 왔어요."

"어려운 문제도 그냥 넘어가지 않는 곳에서 공부해보고 싶었어요."

"중학교 2학년 때 친구들과 사이가 틀어졌어요. 그래서 새롭게 시작하고 싶었어요."

누구 하나 뻔한 답변이 없다. 각자 확신과 각오, 슬픔과 상처를 담아 이 학교를 선택한 동기를 고백한다. 아이들은 자신이 지원한 학교가 내신 경쟁이 치열하고, 기숙사 생활이 빡빡하며, 외출·외박이 제한적이고, 힘든 생활을 견디지 못해 전학이나 자퇴를 고민하는 선배들이 많았다는 사실을 익히 알고 있었다. 따라서 담임교사가 질문하기 전부터 이미 수십 번 스스로 묻고 답했을 터였다. 그만큼 본교는 다양한 욕망과 갈증, 고민과 사연을 가진 학생들이 각지에서 모여 함께 생활하고 있다. '이 학교라면', '이 친구들이라면', '이 선생님들이라면'이라는 기대감을 품고서 말이다. 그러나 나는 언제부턴가 첫 상담 때 아이들의 기대에 찬 눈빛을 보게 되면 이내 모른 척하며 고개를 돌려버렸다. 기대가 크면 그만큼 실망도 크다는 것을 누구보다 더 잘 아니까.

사실 이 학교에 가장 큰 기대를 걸고 있던 것은 나였다. 인문학 공동체에서 『도덕의 계보, 선악의 저편』 세미나에 참여하여 "우상 숭배로 가득한 학교 현장을 축제로 만들겠다."라는 멋들어진 말을 하며 교사로서의 각오를 다지던 와중에 부임한 학교여서였다. 또한 군인 자녀들의 어려운 교육여건을 개선하겠단 설립 취지나 교사와 학생이 자신들의 색채를 담기 쉬운 신설 학교라는 점도 한몫했다.

그러나 시간이 지날수록 현실에 무력감을 느꼈다. 아무리 내가 학교를 축제로 만들겠다고 발버둥 쳐도 근본적 한계를 거스를 순 없었다. 여기서 말하는 근본적 한계란 공교육의 구조적 문제를 이야기하는 것이 아니다. 내가 속한 이 학교가 '교육 기관'과 '마을' 사이의 모호한 어디쯤 위치하기에 발생하는 문제였다. 우리 학교는 마을이 갖춰야 할 기본적인 요소들이 대부분 있다. 학교, 기숙사, 도서관, 매점, 식당, 문구점, 세탁소, 체육관, 간이 수영장, 보건실 그리고 종교시설까지. 단순히 교육 기관이라고 규정짓기엔 규모가 상당히 크다.

그런데 각각의 요소를 들여다보면 하나같이 불완전하다. 집이라고 할 수 있는 기숙사는 잠잘 때를 제외하곤 허락 없이 들어갈 수 없으며, 학업 스트레스를 풀게 해주는 간식거리나 놀거리도 부족하다. 따라서 아이들은 항상 어느 정도의 불만과 결핍을 안고 있다. 물론, 이건 마을도 마찬가지다. 그러나 마을에는 이를 해소해 주는 존재가 있다. 바로 가족이다. 처음 이 사실을 깨달았을 때는 호기롭게 학교에서만큼은 아이들의 부모가 되겠노라고, 그게 어렵다면 삼촌이라도 되어주겠노라고 다짐했다. 그러나 오만한 생각이었다.

아이가 밥을 먹고 싶을 때 먹이는 것은 꼭 부모가 아니어도 누구나 할 수 있다. 부모가 부모인 이유는 밥 먹기 싫어 칭얼댈 때도 한 입, 아파서 끙끙

거릴 때도 어떻게든 한 입을 아이 입에 넣어주기 때문이다. 혈연으로 맺어진 관계이기에 모든 투정을 기꺼이 감당할 사랑이 부모에겐 있는 것이다. 하지만 내가 가지고 있는 감정은 부모와 같은 사랑이 아니었다. 그건 연민과 동정이었다. 기숙학교 생활에 불만을 느끼고 찾아와 하소연하는 아이들, 심적으로 안정이 안 되어 공부에 집중하지 못하겠단 아이들, 이렇게 힘들게 버티는데 좋은 결과가 안 나오면 미칠 것 같다는 아이들에게 내가 해줄 수 있는 대답은 "나중에 좋은 일이 있을 거야."란 낙관적인 말뿐이었다. 그런 나의 모습을 잘 보여주는 작품이 루쉰의 단편집「현자, 바보, 노예」였다.

노예는 거리에서 만나는 사람에게 푸념을 늘어놓는 게 일상이었다. 하루는 현자에게 자신의 불행한 처지를 털어놓았다. 사연을 들은 현자는 "언젠가는 좋은 날이 올 것이다."라고 말해주었다. 그 말에 노예는 기분이 좋아졌다. 그러나 얼마 지나지 않아 또다시 자신의 처지를 들어줄 사람을 찾아 나섰다. 하루는 동네 바보에게 환기도 되지 않는 자신의 누추한 집에 대해 불평을 늘어놓았다. 바보는 주인에게 창문을 내달라고 요청하라고 말했다. 노예의 대답은 "그게 가능하겠냐?"였다. 그러자 바보는 자신이 창문을 내주겠다며 곧장 노예의 집으로 달려가서 벽에 구멍을 내기 시작했다.

화들짝 놀란 노예는 바보를 만류했다. 주인에게 혼날까 봐 두려웠던 것이다. 그러나 바보는 구멍 뚫기를 멈추지 않았다. 당황한 노예는 다른 노예들을 불러 바보를 집 밖으로 쫓아냈다. 뒤늦게 나타난 주인은 무슨 영문인지를 물었고, 노예는 담벼락을 허물려 하던 강도를 쫓아냈다고 대답했다. 이에 노예는 주인에게 칭찬을 받았고, 사람들이 몰려와 노예가 당한 불미스러운 일에 위로를 건넸다. 그중엔 '현자'도 끼어 있었다. 노예는 현자에게 다가가 언젠가는 좋아질 거라던 말이 맞았노라고 유쾌하게 말했다.

나는 한갓 허울 좋은 현자였다. 차라리 바보처럼 헤벌쭉 웃으며 벽이라도 부수는 몸짓을 취했다면 훨씬 가볍고 경쾌한 축제의 현장이 되었을지 모른다. 그러나 현자처럼 진지한 표정으로 아이들의 말을 경청하고 함께 고민하는 척만 하고, 실상은 그들의 현실을 외면했다. 이런 생각이 들 때면 어디로든 도망치고 싶었고, 처음 가지고 있던 기대는 실망과 좌절로 바뀌었다. 누구라도 좋으니 나 대신 이런 상황을 해결해 주길 바랐다.

그러던 어느 날 한시 수업 때 이양연의 「눈 쌓인 들판에서」를 다루게 되었다.

野雪(야설) 눈 쌓인 들판에서

穿雪野中去(천설야중거) 눈을 뚫고 들판을 걸어갈 적에

不須胡亂行(불수호난행) 모름지기 어지러이 걸어서는 안 된다.

今朝我行跡(금조아행적) 오늘 아침 내가 걸은 발자국이

遂作後人程(수작후인정) 마침내 뒷사람의 이정표가 되리니.

아이들은 이 시를 매우 좋아했다. 비단 해석이 쉽고 내용이 교훈적이어서만은 아니었다. 현실의 결핍과 불안으로 힘들어하는 아이들에게 이 시는 적잖은 위로와 용기를 주는 듯했다. 특히 김구 선생께서 이 시를 좌우명으로 삼으며 역사적인 갈림길에 설 때마다 휘호[揮毫 : 붓을 휘둘러 글씨를 쓰거나 그림을 그리는 것] 하며 흔들리는 마음을 다잡았다는 부연 설명에 크게 감동하는 것 같았다. 그러나 나는 수업 내내 마음이 편치 않았다. 내가 이 시를 수업할 자격이 있는지 회의감이 들었기 때문이다. 이에 내가 직접 시에 대해 구구절절 설명하는 게 버거웠다. 그래서 아이들에게 시의 감상과 느낌에 대해 자유롭게 이야기해 보라며 애써 책임을 회피해 버렸다. 그런데 한 아이가 손을 들고 다음과 같이 발표했다.

"이 시를 읽는데 여자 기숙사에서 교사동까지 이어지는 내리막길이 떠올랐어요. 눈 오는 날이면 항상 길이 빗자루로 닦여 있거든요. 예전엔 당연하다고 생각했는데 사실은 시설 관리하시는 분이나 사감 선생님께서 깜깜한

새벽에 나와 빗자루로 눈을 쓸었다는 거잖아요. 그러고 보면 비가 올 때는 몇몇 친구들이 교사동에 있는 대형 우산꽂이 카트를 비를 맞으며 기숙사로 옮겨주거든요. 저를 돌아보게 됐어요. 나는 한 번이라도 누군가의 길에 도움을 준 적이 있었는지."

순간 정신이 번쩍 들었다. 분명 아이의 깊이 있는 통찰에 놀란 것도 있었다. 하지만 그동안 나는 아이들의 우상이 되고 싶었던 것이었나 라는 자각이 더욱 큰 충격으로 다가왔다. 나만이 아니라, 동료 교사, 학부모, 보안관, 청소 용역 종사자, 시설 관리인, 급식실 조리사 그리고 아이들까지 학교 공동체의 모든 구성원이 함께 고민하고 노력하고 있었다. 그런데도 마치 나 아니면 안 된다는 옹졸한 영웅 심리로 혼자 고뇌하고 좌절하고 낙담하고 있었던 것이다. 무엇보다 아이들의 자생력과 성장 가능성을 무시하고 나약한 존재로 치부했다는 사실이 부끄러웠다. 저렇듯 한시 하나에도, 사소한 일상 하나에도 삶의 지침과 의미를 발견하는 강인함을 가지고 있는데 말이다.

이런 생각이 들자 언제 그랬냐는 듯이 마음이 상쾌해지고 머리가 맑아졌다. 아울러 조금 전까지 버거웠던 시가 편하게 다가왔다. 특히 결구의 '뒷사람[後人 : 후인]'이란 글자가 눈에 선명히 들어오며 한 가지 의문이 생겼다. 만약 조선 후기 성리학자인 이양연이 뒷사람의 이정표가 되길 자임하며 이 시를 썼다면 이건 일종의 영웅 심리나 위인지학[爲人之學 : 남에게 잘 보이기 위한 학문]이 아닌가란 것이었다. 연달아 독립운동가 김구 선생께서 이 시를 휘호 하면서 어떻게 하면 내가 조선의 지도자로서 민중들을 이끌까를 염두에 두었다면 굳이 『백범일지』 속 「나의 소원」에서 독립이 된다면 '정부의 문지기', '나라의 가장 미천한 자'가 되어도 좋다고 했을까 하는 의문도 들었다.

문득 고병권 철학자가 니체의 '자기 극복'에 대해 설명할 때 이육사 시인의 「광야」, 「청포도」, 「꽃」을 언급했던 게 떠올랐다. 그는 시 속 '백마 탄 초인(「광야」)', '내가 바라는 손님(「청포도」)', '제비 떼와 꽃맹아리(「꽃」)'를 '광복', '광복을 이뤄줄 지사'로 이해할 수 있지만, '이육사 자신'으로도 이해할 수 있다고 했다.

화자는 '청포를 입고 오는' '고달픈 손님'을 기다리며 '모시 수건'과 '은쟁반'을 준비하라고 했다(청포도). 그런데 내 생각에 둘은 하나이다. 힘든 길을 걸어온 '고달픈 손님'과 그를 기다리며 모시 수건과 은쟁반을 '준비한 이' 말이다. 천고의 뒤에 올 '백마 탄 초인'과 천고의 앞에 '가난한 노래의 씨앗'을 뿌린 이도 마찬가지다(「광야」). 내가 광야에 뿌려놓은 '가난한 노래의 씨앗'은 자라 '나의 노래'가 될 것이다. 내가 나를 기다렸다면[고병권, 『다이너마이트 니체』(천년의 상상, 2014, p.29)]

고병권 철학자는 앞서 언급한 루쉰의 「현자, 바보, 노예」에 대해서도 다른 관점을 제시했다. 현자와 바보에만 집착했던 나와 달리, 노예가 자유인이 되기 위한 유일한 방법은 자기 스스로 벽을 부숴야 한다는 것을 루쉰은 말하고 싶었던 것이라고 이야기했다. 그렇지 않고 남이 벽을 부숴준다거나 해답을 준다면 잠시 해방감을 맛볼 수는 있겠으나 여전히 누군가의 노예라는 사실은 변함이 없다는 것이다.

그렇다면 「눈 쌓인 들판에서」 속 '뒷사람'도 타자로서의 뒷사람이 아니라, '뒤에 올 나', '새로운 나'라고 해석할 수 있지 않을까? 다른 사람에게 영웅적 존재나 이정표로 자리매김하려는 의도로 이 시를 쓴 게 아니라, 새로운 나를 맞이하기 위해 고난과 실패에 좌절하지 않고 현실의 길을 꿋꿋하게 걸어가겠다는 각오로 이 시를 쓴 것일 수도 있다는 말이다.

한 걸음 더 나아가 '지금의 내'가 '도래할 나'를 기다리며 올곧게 길을 내는 것처럼 이 시를 읽는 사람들도 힘들고 고통스럽더라도 새로운 자신을 맞이하기 위해 길을 내보도록 촉구하고 있다는 생각도 들었다. 실제로 역사 기록을 살펴보면 그는 농민들의 참상을 아파하는 민요시를 많이 적었다고 한다. 그것은 어쩌면 조선 후기 격변하는 시대적 분위기 속에서 자신이 찍어놓은 발자국을 보고 농민들이 그대로 따라오길 바랐던 것보다는 농민 스스로 발자국을 찍기를 바랐던 것은 아니었을까? 그래야만 자신들을 옭아매는 신분적 한계를 극복할 수 있다는 확신을 갖고 말이다.

마찬가지로 김구 선생도 이 시를 휘호 하며 민족 구성원 전체가 외세에 의존하거나 자신을 비롯한 김규식, 이승만 같은 인물을 맹목적으로 선망하기보다는 각자 신념과 의지를 바탕으로 자신의 길을 개척해 가야만 굳건한 나라를 만들 수 있다고 확신했던 것은 아닐까?

이를 통해 본다면 나는 학교를 축제로 만들겠다는 목표를 가지고 있었음에도 길을 가는 과정에서 발생하는 고난과 좌절이 새로운 나를 위한 의미 있는 발자국이자 이정표란 사실을 망각하고 있었다. 아울러 실패로 점철된 나의 길을 아이들이 보고 실망하거나 혹은 쫓아올까 두려워하고 있었다는 것을 깨달았다. 결국 나의 길은 나만이 걸어갈 수 있는 것인데도 말이다. 이를 계기로 앞으로는 아이들에게 잘 닦인 길을 보여주려고 애쓰지 말고, 어려운 상황 속에서도 포기하지 않고 경쾌하게 걸어가는 모습을 보여주자고 다짐했다.

마침 다른 반에 「눈 쌓인 들판에서」를 읽고 냉소적인 질문을 던지는 아이가 있었다.

"선생님, 어차피 봄이 오면 눈은 다 녹아버리잖아요. 그럼 아무리 있는 힘껏 발자국을 찍은들 다 없어지는 거 아니에요?"

나는 기다렸다는 듯이 답했다.

"맞아. 다 녹아버리겠지. 그래도 발자국이 찍힌 자리에 봄이 더 일찍 찾아오지 않을까?"

"어떨 때는 제발 나였으면 좋겠고, 또 어떨 때는 제발 내가 아니었으면 좋겠고.

아이들과 함께 살아가는 저희 교사의 일이라는 게 항상 저 고민의 연장선인 것

같아요.

사진 찍은 곳은 정확히 기억나지 않아요. 아마도 동해 어딘가 조용한 해변이었

던 것 같아요. 저렇게 어린 손자가 할아버지 옆에 서 있다고 사실 얼마나 많은

것을 배우고 익히겠어요. 그렇지만 또 저렇게 할아버지 옆에서 낚싯대가 움직

이길 기다려보고 괜스레 가만있는 낚싯대도 한두 번 건드려보는 것이 어쩌면

저 아이의 앞으로의 인생에 정말 중요한 과정일 수도 있겠죠.

어떤 일들은 선생님만이 하실 수 있을 거예요. 그러나 선생님이 하지 않으시더

라도 선생님이 가르치신 학생이 언젠가 반드시 그 일을 하게 될 겁니다. 이미

이루어진 일이나 다름없으니 걱정 안 하셔도 될 것 같아요."

삶의 다양한 관점을 말하다

[7]

우물 안 개구리는 뭐 하고 있을까?

한창 좌정관천[坐井觀天 : 우물 안 개구리, 견문이 좁은 사람을 가리킴.] 을 설명하고 있을 때였다. 나른한 봄날, 춘곤증이 밀려오는 5교시라 꾸벅 꾸벅 조는 아이들이 보였다. 나 역시 하품을 참아가며 수업을 하던 터라 분위기를 띄워보려고 여러 번 따라 읽게 하고 과장된 톤을 써가며 애를 쓰고 있었다. 그런데 맨 앞자리에 앉은 녀석이 대놓고 엎드려 자는 것이 아닌가. 몇 번이나 눈치를 주고 옆자리 친구에게 깨우라고도 했지만, 별반 나아지는 게 없었다. 참다 참다 화가 나서 녀석을 일으켜 세운 뒤에 소리쳐 물었다.

"우물 안 개구리가 뭐 하고 있어?"

자다 일어난 아이에게 저런 질문을 했다는 것도 웃기지만, 아이의 대답도 가관이었다.

"자, 자고 있겠죠!"

처음엔 교사의 호통에 화들짝 놀랐지만, 이내 킥킥거리는 친구들과 면박을 주는 교사가 눈에 들어오자 내심 치기가 올라서 한 말인 것 같았다. 친구들은 아이의 엉뚱한 대답에 참던 웃음을 터트렸다. 하지만 나는 오히려 망치로 뒤통수를 맞은 느낌이 들었다. 우문현답이었기 때문이다. 우물 안 개구리가 하늘만 볼 이유는 없잖은가. 순간 이 대답을 밀고 나가면 무언가 새로운 가능성이 열릴 것 같았다. 이에 그 아이 옆에 앉은 친구들에게도 차례대로 같은 질문을 던졌다.

"우물 안 개구리가 뭐 하고 있을 것 같아?"

"파리 잡고 있어요!"
"벽 타고 있어요!"
"헤엄치고 있어요!"
"멍때리고 있어요!"

갑자기 수업에 생기가 돌았다. 부랴부랴 칠판에 우물 벽을 그리고 그 안에 아이들이 말한 개구리들을 하나씩 그려 넣기 시작했다. 자는 개구리부터 벽 타는 개구리, 헤엄치는 개구리, 멍때리는 개구리, 우물 바닥을 파는 개구리, 벽 타다 떨어진 개구리, 하늘에서 내려온 두레박을 타고 단번에 우물 밖으로 나간 개구리까지, 개성이 넘치는 각양각색의 개구리들이 우물 안을 채웠다. 그리고 맨 마지막으로 벽 타기에 성공해 우물 밖에서 환호하는 개구리를 그려 넣자, 아이들도 칠판을 보며 한껏 고무되어 덩달아 박수를 쳤다. 그동안 텍스트에 갇혀 몇백 년간 동면에 들었던 개구리들이 일시에 잠에서 깨어나 개굴개굴하는 소리가 들리는 듯했다. 그런데 아까 잠을 잤던 아이가 대뜸 물었다.

"그런데 우물 밖엔 뭐가 있어요?"
(다들) "!?"

그때부터 누가 먼저랄 것도 없이 다시 우물 밖에 대해서 상상의 나래를 펼쳤고, 열띤 토론 과정에서 아이들은 불을 붙이고 나는 기름을 부었다. 그렇게 우리가 낸 결론은 '우물 밖은 종착점이나 끝이 아닌, 새로운 벽과 마주함이자 또 다른 시작'이었다. 좁고 축축한 바닥, 한 손으로 가려지는 하늘 너머를 보기 위해 사력을 다해 올라 맞이하게 되는 풍경은 젖과 꿀이 흐르는 드넓은 대지가 아니란 것이었다. 그저 이전보다 조금 더 넓어진 바닥과 두 손으로 가려야 하는 하늘뿐이란 것이었다.

이 순간 우물 밖으로 나온 개구리는 처음 우물 벽 앞에 섰을 때보다 훨씬 복잡한 고민을 하게 된다. 여기에 머무를 것인가? 도로 내려갈 것인가? 아니면 또 우물 벽을 타고 올라갈 것인가? 그렇게 올라간 곳은 여기와 다를까? 더 높고 험준한 벽이 막아선다면 어떡할 것인가? 만약 이런 새로운 벽들이 삶의 여정을 지속하는 동안 항상 나를 막아선다면? 그런데도 죽는 순간까지 포기하지 않고 오를 용기가 있는가?

어쩌면 좌정관천은 대를 이어 평생토록 벽을 올라갔던 성현들이 우리에게 보내는 메시지일지도 모른다. 너는 우리가 올랐던 이 벽을 이어서 오를 준비가 되었냐고. 우리의 의지를 이어받을 각오가 되었냐고.

나른한 봄날 교사의 호통과 아이의 치기, 주변 친구들의 박장대소에서 시작된 좌정관천에 대한 사유가 '좁은 식견'이란 틀에 박힌 답을 넘어, 좁은 식견을 극복하고 앎과 삶의 일치를 위해 인생 전부를 바쳤던 성현들의 의지로까지 확장되는 뜻깊은 시간이었다.

그렇게 수업이 끝나고 교무실 의자에 앉았는데 땀으로 옷이 흥건히 젖어 있었다. 그런데 이상하게도 아직 심연에는 도달하지 못했단 찜찜함이 들었다. 그때 불현듯 머릿속에서 '111+11=11111'이 떠올랐다. 지금으로부터 대략 20년 전인 고등학교 2학년 시절, 한문 교사가 되겠단 꿈을 갖는 데 큰 영향을 주었던 한문 선생님께서 던졌던 화두였다.

선생님의 한문 수업은 그 당시 나에겐 큰 충격이었다. 선생님께서는 무덤덤한 표정으로 칠판 앞에 서서 성어나 문장 하나를 가지고 끈질기게 꼬리를 물어가며 수업하셨다. 마치 50분 동안 짧은 여행을 다녀온 것 같은 느낌이 들 정도였다. 굳이 이름 붙이자면 '일이관지[一以貫之 : 하나로 꿰어내다.] 수업'이라고 할까? 카리스마도 엄청나서 학교에서 좀 논다는 친구들도 그분 수업에서만큼은 졸지 않고 정자세로 앉아 경청했을 정도였다. 이와 관련하여 인상적인 추억 하나는 선생님께서 나처럼 좌정관천을 가르쳤을 때였다.

"자, 따라 읽으렴. 좌, 정, 관, 천, 우물 안 개구리!"
(우레와 같은 목소리로 다 함께) "좌! 정! 관! 천! 우물 안 개구리!"

다 같이 복도가 쩌렁쩌렁 울릴 정도로 목청이 터져라 좌정관천을 외치는데 죽어 있던 학교에 생기를 불어넣은 것 같은 희열과 쾌감이 들었다. 나는 그때 처음 선생님과 같은 한문 교사가 되고 싶다고 생각했었다. 그러던 어느 날, 선생님께서 방학을 며칠 앞둔 수업 시간에 뜬금없이 111+11이 몇인지를 물으셨다. 당시에 나는 선생님께 어떤 식으로든 인정받고 싶었기에 가장 먼저 "122입니다."라고 대답했다. 그러자 선생님께선 이렇게 말씀하셨다.

"111+11이 122가 아니라, 11111이 될 수는 없을까?"

분명 선생님께서는 저 말씀 뒤에 뭔가 부연 설명을 하셨던 것 같다. 그러나 당시엔 하나도 귀에 들어오지 않았었다. 그저 나는 선생님께서 원하셨던 답을 말하지 못했다는 자책감에 빠져 있었을 뿐이었다. 그날 밤 독서실에 앉아 백지를 꺼내놓고 수십 번 계산을 반복해도 조건반사적으로 122로 적는 자신을 원망했다. 나는 나중에 꼭 찾아가 11111로 계산하는 것이 갖는 의미를 물어보리라 다짐했다. 하지만 개학하고 찾아가 보니 선생님께선 이미 학교를 그만두신 뒤였다. 그때 느낀 상실감은 매우 컸으며, 자연스레 111+11=11111은 풀리지 않은 화두로 남았다. 그러나 세월의 힘은 너무나 막강해서 잊히지 않을 것 같던 이 화두도 어느새 심연 속에 깊이 잠겼다. 그런데 그게 20년이 지난 지금에야 비로소 다시 떠오른 것이었다.

어쩌면 선생님께서 말씀하셨던 111+11=11111이 오늘 아이들과 수업했던 좌정관천의 깨달음과 비슷한 게 아니었을까? 정해진 규칙과 관념에 함몰되지 말라고. 다르게 보라고. 텍스트를 읽는 걸 넘어 그 속에 담긴 의지를 읽으라고. 기존의 해석에 만족하지 말고 새로운 해석을 시도하라고. 공부는 아는 데 그치는 것이 아니라, 실천되어야 하는 거라고.

문득 얼마 전 철학 강연에서 인상 깊게 들은 "철학자는 사람들의 가슴에 피뢰침 하나 꽂아두는 존재다."라는 말이 생각났다. 그때는 피뢰침을 꽂아 둔다는 표현이 무엇을 의미하는 줄 몰랐다. 그러나 지금 돌이켜 보건대, 피뢰침을 꽂아둔다고 해서 곧바로 거기에 벼락이 떨어지는 것은 아니다. 하지만 인생을 살아가면서 겪는 일상 속 사소한 사건과 만남도 순식간에 벼락이 되어 머리 위로 떨어질 수 있다는 의미인 것 같다. 물론 벼락을 맞은 사람은 그 순간 새로이 거듭나는 것이고. 혹시 이 거듭남을 위해 개구리는 끊임없이 우물 벽을 올라야 하는 것이 아닐까?

한문 선생님은 내게 피뢰침 하나를 꽂아놓은 철학자였다. 그리고 그 피뢰침에 벼락이 떨어지기까지 20년이 걸렸다. 길면 길고, 짧다면 짧은 시간이었다. 생각해 보면 성현들이 남긴 말과 글, 삶의 모습들은 하나같이 피뢰침으로서 수백 년 동안 사람들의 가슴에 꽂히기를 간절히 기다리고 있는지도 모른다. 그렇다면 그것들을 아이들에게 가르치는 나는? 나는 한문 수업을 하며 한 번이라도 아이들의 가슴에 피뢰침을 꽂아준 적이 있던가? 아이들이 자신의 피뢰침 위에 내리칠 벼락을 맞이하기 위해 기꺼이 우물 벽을 오를 수 있도록 용기를 준 적이 있던가?

3개월 남짓 짧은 만남이었기에 한문 선생님께선 나를 기억하지 못하실 거다. 하지만 찾아뵙고 20년이 지난 지금에야 나만의 답을 찾았노라고 말씀드리며 술 한 잔 따라드리고 싶다. 그러면서 같은 한문 교사로서 아이들의 가슴에 피뢰침을 꽂으려면 어떻게 해야 할지 물어보고 싶다.

아울러 피뢰침에 내리칠 번개를 맞이하기 위해 용기를 갖고 긍정적으로 삶을 살아가도록 도울 방법에 관해 이야기를 나눠보고 싶다.

"부산 여행 갔을 때 찍은 사진이에요. 알록달록한 집들을 배경 삼은 근사한 카페에 온 것 같지만 사실 기분이 꽤 묘한 사진입니다. 저 동네에서 돌아올 때는 정말 마음이 좋지 않았거든요. 흔히 '달동네'라고 표현하는, 생활이 어려운 분들이 사는 마을을 좀 더 아름답게 만들어보고자 벽에 이런저런 색을 칠한 것으로 알고 있어요.

문제는 이 모습 자체가 관광지화되어서 아직도 많은 사람이 살고 있는 곳인데도 이 지역을 에워싸며 이 풍경을 관람할 수 있는 가게들이 줄줄이 생겨버렸다는 것입니다. 그런 가게들 중 하나인 곳에서 창을 통해 보는 마을의 모습은 마치 가난이 재밌는 구경거리라도 된 듯한 느낌을 줍니다.

그런데 이 생각조차도 제 삶에 영향을 줬던 선생님께서 '가난이 구경거리가 되어서는 안 된다.'라는 가르침을 주셨기 때문이겠죠? 그렇지 않았다면 분명 저도 이 사진을 찍고 그냥 만족스러운 마음으로 부산을 떠났을 거예요."

[8]

매일 걷던 그 길에서

나에게는 길에 대한 개념이 완벽하게 전복되었던 사건이 있다. 2015년, 현재 근무하는 고등학교에서 시간강사로 근무했을 때의 일이다. 당시 나는 평일 오전에는 파주에서 아이들에게 한문을 가르치고, 오후에는 용산구 해방촌에 있는 인문학 공동체에서 니체 세미나에 참여했다. 이렇게 파주와 서울을 오가며 고된 일상을 소화했지만, 전혀 지치지 않았다. 내가 들인 수고가 오롯이 내 삶의 성장과 직결되었기 때문이다. 이전까지는 맛볼 수 없었던 행복이었다.

나는 어려서부터 한문 교사가 되겠다는 일념 하나로 앞만 보며 달렸다. 그런데 막상 2013년 경기도에 있는 모 사립고등학교에 정식 교사로 선발이 되고, 얼마 지나지 않아서 바로 회의감이 몰려왔다. 본받을 만한 훌륭한 선배 교사들도 많이 있었고 아이들도 착하고 열의가 있었다. 하지만 정작 재단은 변화를 꺼리고 교사들의 다양한 시도를 불편해했다. 이런 와중에 믿고 따르던 선배 교사들이 하나둘 학교를 그만두거나 옮기는 일이 발생했다.

초임 교사였던 나는 그들의 빈자리를 보며 크게 동요했다. 좋은 사람들이 떠나는 공동체에서 30년 넘게 근무해야 한다는 사실이 두려웠기 때문이다. 이에 몇 날 며칠을 뜬눈으로 지새우며 퇴사를 고민했다.─지금 돌이켜보면 그때 나는 참 어렸다. 학교를 떠나려는 선배 교사들만 보았지, 때를 기다리며 묵묵히 아이들을 가르치는 선배 교사들은 보지 못했다. 그곳엔 아직도 좋은 분들이 자리를 지키고 계시다.

생각을 정리하고 학년말에 그만두겠다는 의사를 밝혔을 때 주변에서 했던 말이 "아직 어려서 세상 물정을 모른다.", "홀어머니는 어떻게 모실 거냐?", "버티다 보면 시간이 다 해결해 준다.", "어딜 가나 다 마찬가지다."였다. 물론 다들 진심으로 나를 걱정해서 해준 말이었다. 그러나 내가 가장 간절히 듣고 싶었던 말은 "그래, 잘 선택했어. 한 번 도전해 봐!"였다.

당시 나를 지지해 주었던 사람이 니체였다. 모두가 말릴 때 니체는 『차라투스트라는 이렇게 말했다』를 통해 광야로 나가는 나를 열렬하게 응원해 주었다.

"너는 네가 되어야 한다."

"인간은 극복되어야 할 무엇이다."

그러나 막상 학교를 그만둔 지 며칠도 안 되어 구인공고를 뒤적이고 있는 초라한 나를 발견했다. 불확실함에 대한 공포와 대열을 이탈했다는 두려움은 그 힘이 너무나도 막강해서 그저 니체의 책 한 권 읽은 걸로는 평정심을 유지할 수 없었다. 그래서 좀 더 스스로에 대한 확신과 각오, 의지를 다질 필요가 있었다. 이때부터 '에움길(바르지 않고 굽이진 길)'에 대한 개똥철학이라도 갖기 위해 유명한 강연을 찾아다니고, 이곳저곳 정처 없이 걸어보고, 낯설고 익숙하지 않은 것들에 의미를 부여하기 시작했다. 살기 위한 몸부림이었다.

이 과정에서 길에 대한 여러 가지 담론을 접하게 되었다. 삶의 토대가 허물어졌을 때 이르는 길바닥(고병권)이라던가, 여럿이 함께 숲으로 가는 길(신영복)이라던가, 대낮에 등불을 들고 길을 걸었던 광인(디오게네스)에 관한 것이라던가, 권력이 뻗어나가는 곳이면서 동시에 그 힘이 무너지는 곳이기도 한 길(진시황)에 관한 것이라던가. 이 밖에도 여러 소설과 시, 철학 서적과 예술 작품을 통해 길을 들여다봤기에, 어떠한 낯선 길이 눈앞에 펼쳐져도 당황하지 않고 헤쳐 나갈 수 있을 것만 같았다.

이게 문제였다. 길에 대해 아는 것이 늘어갈수록 점점 더 쳇바퀴 돌 듯 평범한 일상을 살아가는 이들의 삶을 무시하게 되었다. 이런 편견과 아집은 아이들에게까지 고스란히 전해졌다. 수업 시간마다 니체의 아포리즘이

나 공자와 맹자를 비롯한 옛 선인들이 길 위에서 했던 주옥같은 말들을 소개하며 지금 당장 에움길로 나서야 한다고 촉구했다.

그러던 어느 날, 여느 때와 같이 일장 연설을 퍼붓고 있던 나는 대뜸 창밖 운동장을 가리키며 말했다.

"언제까지 저 운동장 트랙을 똑같은 방향으로 뱅글뱅글 돌기만 할래?"

이렇게 말한 데는 이유가 있었다. 기숙학교의 특성상 야외 외출이 제한적이다 보니 아이들은 점심, 저녁 식사를 마치면 약속이나 한 것처럼 다들 운동장 트랙을 돌았다. 처음 이 학교에 시간강사로 부임했던 3월에는 수업이 끝나면 딱 한 개 노선, 그것도 30분 간격으로 오는 서울행 버스를 타는 데 정신이 팔려서 그런 사실을 몰랐었다. 그러다 우연히 아이들이 운동장 트랙을 같은 방향으로 줄지어 도는 광경을 목격했다. 그 광경이 얼마나 충격적이었는지 저 멀리 서울행 버스가 오는 것이 보였음에도 나는 그 자리를 떠날 수 없었다. 나는 생각했다.

'저 아이들은 무얼 위해 길 같지도 않은 트랙을 저리도 열심히 도는 걸까? 무슨 의미가 있다고.'

그래서 나는 아이들이 조금이나마 자신을 돌아보길 바라는 안타까운 마음에 어쭙잖은 훈계를 한 것이다.

아이들은 내 말에 일정 부분 공감한 눈치였다. 웃으며 고개를 끄덕이는 아이도 있었고, 그간 쌓였던 갑갑함이 터져 나와 한숨을 쉬는 아이도 있었다. 교장 선생님께 건의하여 학교 밖을 자유롭게 나갈 수 있게 해달라고 하겠다는 아이도 있었다. 그런 모습들을 보니 다시금 '역시 사람은 본능적으로 에움길에 대한 갈망이 있구나!'라는 확신이 들었다.

그로부터 한 달 뒤, 니체의 '영원회귀'에 관한 발제문을 준비하느라 밤늦게까지 학교에 남아 있을 때였다. 니체의 영원회귀는 도무지 이해되지 않았다. 특히 다이몬이라는 악령이 속삭였던 대목은 더욱 그랬다.

"너는 현재 살고 있고 지금까지 살아왔던 생을 다시 한번, 나아가 수없이 몇 번이고 되살아야 한다. 거기에는 무엇하나 새로운 것이 없을 것이다. 모든 고통과 기쁨, 모든 사념과 탄식, 네 생애의 크고 작은 모든 일이 다시 되풀이되어야 한다. 모든 것이 동일한 순서로 말이다. 이 거미도 나무들 사이로 비치는 달빛도, 지금의 이 순간까지도 그리고 나 자신도, 존재의 영원한 모래시계는 언제까지나 다시 회전하며 그것과 함께 미세한 모래알에 불과한 너 자신 또한 같이 회전할 것이다."

이런 절망적인 악령의 속삭임에 니체가 했던 말이 "다시 한번 더!(Da capo!)"였다. 어떻게 저런 반복을 긍정할 수 있단 말인가? 삶은 항상 새로운 것을 추구하고 기꺼이 고난을 맞이해야 하는 것 아니었나? 저런 쳇바퀴 같은 인생을 살 바엔 탈주라도 해보는 게 용감한 것 아니었나? 니체의 저 긍정은 그간 내가 믿고 있던 에움길에 대한 명백한 부정이었다.

혼란스러운 마음에 산책이나 할까 싶어 밖으로 나갔다. 그런데 어두컴컴한 운동장에서 깔깔거리는 소리가 들렸다. 야간 간식을 먹고 운동장 트랙을 돌고 있던 아이들의 웃음소리였다. 나는 무엇에 홀린 듯 그 대열 속에 합류했다. 아이들과 같은 방향으로, 똑같은 보폭으로 천천히 걸었다. 몇 분을 걸었을까. 전에는 보이지 않던 것들이 보이기 시작했다.

어떤 아이는 혼자 이어폰을 끼고 음악을 들으며 생각에 잠겨 있었고, 어떤 아이는 함께 걷는 친구에게 그날 낮에 겪었던 일에 대해 열변을 토하고 있었다. 그런가 하면 속상한 일이 있었는지 울음을 터트린 아이와 그의 등을 토닥이며 위로하는 친구도 있었다. 밖에서 봤을 때는 그저 맹목적으로 바닥에 그려진 하얀 표시선 대로 걸을 뿐이라고 여겼었다. 그러다 직접 대열에 합류해 보니 그 안에는 다양한 감정과 목소리 그리고 길이 있었다.

더 놀라운 건 그다음이었다. 신선한 충격을 느끼며 트랙을 걷고 있는데, 별안간 한 아이가 외쳤다.

"별똥별이다!"

그 순간 너나 할 것 없이 모든 아이가 함성을 지르며 각자의 자리에 서서 별똥별을 찾기 시작했다. 진짜 별똥별이 떨어졌던 건지, 아니면 튀기 좋아하는 녀석의 짓궂은 장난이었던 건지는 중요하지 않았다. 그 말 한마디에 수다를 떨던 아이들도, 웃고 울던 아이들도 모두 하늘을 바라봤다는 게 중요했다. 이어폰을 끼고 음악을 듣던 아이까지도.

나는 문득 『시를 잊은 그대에게』란 책을 쓴 정재찬 교수님의 강연이 떠올랐다. 윤동주 시인의 「별 헤는 밤」에 관한 내용이었다. 윤동주 시인은 '별 하나에 추억과 / 별 하나에 사랑과 / 별 하나에 쓸쓸함과 / 별 하나에 동경과 / 별 하나에 시와 / 별 하나에 어머니, 어머니.'라는 애절한 시구를 어떻게 쓸 수 있었던 걸까?

정재찬 교수님은 윤동주 시인이 방에 틀어박혀 '어떻게 하면 독자들의 감성을 건드릴 수 있을까?'를 골몰하며 시를 쓴 것이 아니라고 했다. 자신의 처지와 풍전등화 같은 조국의 상황에 대해 고민하며 매일 산책하던 길을 걷다 고개를 들어 바라본 별 하나에 무심코 '추억'이란 이름을 붙인 것이라고 했다. 그런데 그 추억이란 별 주변에 다른 별들도 빛나고 있는 것이 보였다. 그래서 추억에 버금가는 '사랑', '쓸쓸함', '동경', '시'라는 이름을 차례차례 붙이게 되었던 것이라고 했다.

문제는 '어머니'였다. 별마다 이름을 붙이며 걸어가던 윤동주 시인은 한 별에 어머니라는 이름을 붙였다. 그 순간 그는 멈춰 설 수밖에 없었다. 이 세상에 어머니를 넘어서는 단어는 존재하지 않으니깐. 정재찬 교수님은 이것이 앞선 시구와는 달리 '별 하나에 어머니, 어머니.'에서만 같은 단어를 반복한 뒤 마침표를 찍고 한 칸을 띄는 것이 아니라, 한 줄을 띈 이유였을 것이라고 말했다.

나는 그날 아이들과 트랙을 함께 걸음으로써 비로소 윤동주 시인이 매일 걷던 산책로에서 어머니를 외친 순간 느꼈던 감정이 무엇이었을지 깨닫게 되었다. 아울러 똑같은 순간이 무한히 반복됨에도 니체는 어떻게 "다시 한 번 더!"를 외칠 수 있었던 것인지, 우리는 왜 영원회귀를 긍정해야 하는지 이해하게 되었다.

길은 무한한 가능성을 품고 있다. 그것이 에움길이든, 도로든, 사막과 우림으로 가득한 고난의 길이든, 회사와 학교를 오가는 지루한 길이든. 그게 무엇이든 간에 우리가 그 위에 섰을 때 길은 자신이 품고 있는 무한한 가능성을 '매번 하나도 빠짐없이' 있는 그대로 우리에게 선물한다. 따라서 중요한 것은 우리가 길 위에 섰을 때 '어제와 동일한 것'이 반복되었다고 치부하지 않고, '어제와 다른 것'이 반복되었다고 믿고 그 길이 준 선물을 꺼내 보는 시도를 하느냐다.

누군가는 저 쳇바퀴 돌 듯 운동장 트랙을 도는 아이들의 행동을 무의미하다고 할 것이다. 하지만 니체는 알고 있었다. 아이들이 트랙 위에서 별똥별을 찾으려고 밤하늘을 훑는 순간 그들이 서 있던 자리는 평면이 아닌 공간이 되고, 그 하얀 표시선은 땅이 아닌 우주와 연결된다는 것을.

지금 돌이켜보면 참 뜬금없지만 나는 그날 트랙에서 문득 아버지의 장례식 마지막 날이 생각났다. 아버지를 모신 운구차가 생전에 살았던 장안동을 지나 화장터로 가기 위해 동부간선도로로 들어섰던 순간이 말이다. 그때는 이미 온 가족이 울다 지친 상황이었기에 다들 말없이 창밖만을 멍하니 바라보고 있었다. 그런데 막 장안교를 지날 때였다. 어머니께서 갑자기 통곡하시며 창문을 두드렸다.

"당신 이렇게 가버리면 나는 이제 누구랑 마트 가라고!"

그랬다. 평생 해외여행은커녕 제주도 한 번 가본 적 없는, 무뚝뚝한 아버지와 내성적인 어머니의 유일한 데이트는 함께 차를 타고 장안교를 건너 인근 대형 마트에 가는 것이었다. 벚꽃이 피고 냇물이 흐르는 산책로도 아니었고, 샹들리에 조명이 반짝이고 재즈 음악이 나오는 카페 거리도 아니었다. 그저 차를 타면 10초 만에 지나가는 저 장안교가 어머니에겐 아버지와의 추억이 담긴 소중한 길이었던 것이다. 그것이 길이다.

"죽음은 가혹하고 생각조차 하기 싫은, 어렵고 무거운 주제인 것 같아요. 하지만 저는 죽음의 순간이 누구에게나 예외 없이 찾아온다는 냉엄한 사실 덕분에 죽음이 갖는 역설적인 따뜻함이 생긴다고 생각해요. 조화(造花)는 시들지 않는다는 것을 알기에 사람들은 눈앞에 있는 조화의 향기를 맡지 않잖아요. 죽음이 특수하고 예외적이었다면 세상에 존귀함 같은 건 없었을 거예요. 살아 있는 생명이라서 소중한 게 아니라, 모든 생명은 언젠가 죽기에, 너무나 소중한 것 같아요. 그렇기에 제가 맺는 모든 만남은 한정적이고 모든 인연도 찰나에 불과하다는 것을 항상 염두에 두며, 모든 찰나를 마치 영원을 대하듯 정성스럽게 살아야 한다고 생각해요. 오늘도 찰나의 순간이 오롯이 담겨 있는 길을 담담하게 걸어가 보렵니다."

[9]

삶을 담은 생활기록부

보통 고등학교의 연말은 생활기록부(이하 생기부) 작성으로 분주하다. 그중에서도 우리 학교의 경우는 내신 경쟁이 치열하다 보니 부족한 등급을 조금이나마 보완해 주기 위해서라도 생기부 작성에 심혈을 기울인다. 이 때문에 우리 학교 선생님들 상당수가 누가 시켜서가 아니라, 자발적으로 정말 '생을 기부하며' 생기부를 작성하는 편이다.

나 역시 겨울 방학 때 많은 시간을 생기부 작성에 할애했다. 이를 보며 친한 교사 지인들은 "대충해도 돼.", "어차피 내신 등급으로 다 갈려.", "열심히 써봤자 입학사정관은 15분도 못 봐."라며 괜스레 핀잔을 줬다. 사실 그분들이 하는 말들이 무조건 틀린 것도 아닐뿐더러 내가 안쓰러워서 하는 조언임을 잘 알기에 그저 웃어넘기곤 했다. 그런데도 그동안 쓴 생기부를 돌아보면 감히 잘 썼다고는 말할 수 없지만, 단 한 번도 허투루 쓴 적은 없었다고 단언할 수 있다. 그건 내가 투철한 교육 철학을 가지고 있기 때문도, 주변 사람들에게 좋은 평가를 받기 위해서도 아니었다. 어떤 일련의 사건들이 나를 그렇게 만들어버렸다.

처음 우리 학교에 부임해서 2학년 담임을 맡았을 때였다. 2학기 접어들어 한창 생기부 상담을 하는데 지희가 이야기를 본격적으로 시작하기도 전에 울음부터 터뜨렸다. 내신도 상위권이고 모의고사 성적도 좋았으며, 학급의 리더 역할을 도맡았던 아이였다. 그런 아이가 '생기부'란 말을 꺼내자마자 우는 걸 보니 몹시 당황스러웠다. 이에 지희를 달래며 왜 우느냐고 물었다.

"어차피 지금 성적으로는 수시에 지원해도 제가 원하는 대학은 못 가잖아요. 차라리 그럴 거면 생기부 포기하고 정시 준비할래요. 그리고 저는 제가 진짜 성장했는지도, 정말 능력이 있는지도 모르겠어요. 그런데도 매번 수업과 활동에서 뭘 깨달았나, 얼마나 성장했나를 생각해 오라고 하니 너무 힘들어요. 거짓말하는 것 같고…."

충격이었다. 담임 입장에서 보면 잠재력도 충분하고 자신의 능력도 여러 부분에서 증명했던 아이였기에 성장만 극적으로 그려내면 되겠다고 생각했었다. 그런데 정작 지희는 자기가 얼마나 성장했고, 무얼 잘했는지 전혀 인식하지 못하고 대번에 포기부터 하고 있었던 것이다. 곰곰이 생각해 보면 지희의 말이 무조건 틀린 것도 아니었다. 아무리 담임에게 실력을 인정받았다고 하더라도, 입시에선 내신 등급이 우선이기에 대학에서 요구하는 점수대에 들지 못하면 어찌 됐든 정량적인 결과로는 '성장하지 않은 학생'으로 보일 수밖에 없을 테니깐 말이다. 담임인 나조차 그런 생각이 들자 당장 지희에게 해줄 말이 없었다. 별수 없이 일단 진정한 뒤에 다시 상담하자고 말하고는 지희를 돌려보냈다. 그러나 며칠 동안 찜찜함이 가시질 않았다.

이 와중에 공부하던 인문학 공동체에서 『호모 히스토리쿠스』라는 책을 쓴 역사학자 오항녕 교수님의 강연이 열렸다. 평소 공동체 도반들로부터 열정적인 소장파 학자란 평판을 들었던 터라 어떤 강연을 할까 궁금하여 참석을 결정했다. 현직 대학교수라고 하니 생기부 관련 질문을 해볼 마음도 있었다.

실제로 오항녕 교수님의 강연은 매우 훌륭했다. 특히 "역사적 사건을 구조 · 의지 · 우연이라는 세 가지 요소를 모두 고려하여 바라볼 수 있어야 한다."라는 말과 함께 세월호 사건을 예시로 든 것은 그동안 내가 가지고 있던 역사의식의 근간을 흔들기에 충분했다. 이뿐만 아니라 "사람들의 구체적인 삶을 통해 드러나지 않는 역사적 사건은 없다."라는 말이나, "20세기 근대 역사교육이 들어선 이래 지금까지, 역사학은 근대주의에 입학한 진보 사관을 통해 역사학의 바탕인 과거의 경험을 부정했고, 국민국가사로 자신의 정체성을 제한하면서 역사학의 문채를 지웠다. (중략) 시간의 문제일 뿐, 현재의 역사학을 반성하지 않으면 역사학과는 차례차례 망할 것이다." 라는 말도 충분히 곱씹어 볼 만했다.

그런데 이 대목에서 돌연 불편한 기분이 들었다. 분명 오항녕 교수님의 강연에 십분 공감하면서도 불현듯 그의 말과 행동이 이율배반적인 것은 아닌가 싶었기 때문이다. 나는 속으로 그에게 따져 물었다.

'교수님이 말한 대로 꼭 국사만이 아닌, 인간의 삶이 담긴 모든 것이 역사적 사건으로서 가치가 있다면 우리 아이들의 생기부도 엄연한 역사 자료잖아? 그것도 가장 힘든 시기인 고등학교 3년을 적어놓은 청소년기의 정수고. 그걸 고작 15분 동안 숫자 몇 개와 성장에 관한 미사여구 몇 문장을 가지고 선발하는 거잖아. 아무리 진보 사관을 비판하고, 국사 기록만이 아닌 모든 사람의 기록이 다 중요하다고 말하면 뭐 하냐고. 당장 성적이 안 되면 그런 기록은 애초에 들여다보지도 않는 게 현실인데. 그러니 교사나 학생들은 성장 스토리 만들기에 혈안이고. 그럼 생기부야말로 교육 당국과 대학, 교사들이 학생들에게 잠재적으로 진보 사관을 세뇌하는 가장 중요한 방법인 거잖아? 거기에 교수님도 면접관으로 참여하고 있으니 동조하고 있는 거고!'

그러자 오항녕 교수님의 모든 이야기가 불편했다. 결국 참지 못하고 질의응답 시간에 손을 들어 앞서 생각한 바를 토로했다. 비록 최대한 정제된 어조로 말하긴 했지만, 얼굴은 달아올랐고 입과 손은 떨렸다. 그래선지 오항녕 교수님은 단번에 내가 고등학교 교사이며, 강연 내용에 불편함을 느끼고 질문했다는 것을 알아차린 눈치였다. 당시 나는 혹여 두루뭉술하게 넘어가려 한다면 당장이라도 강연장을 나가겠단 각오까지 하면서 답변을 기다렸다.

오항녕 교수님은 잠시 나를 지긋이 바라보더니 담담하게 입을 열었다.

"흥미로운 질문이네요. 분명 선생님께서 어떤 부분 때문에 그런 말씀을 하시는지 이해가 됩니다. 그런데 저는 한 강연에서 이런 말을 했던 적이 있어요. 도로의 역사도 있지만, 마당의 역사도 있다고. 얼마나 성장했는가를 서술하는 역사도 있지만, 어떻게 살고 있는가를 서술하는 역사도 있다고. 지금 여기를 보는 것! 때로는 시도하고, 때로는 견디고, 실수도 하고, 잘못도 하지만, 실수를 고치려 하고, 잘못을 바로잡으려고 애쓰는 역사 기록도 있다고요…."

예상치 못한 답변이었다. 얼마나 성장했는지를 기록하는 생기부도 있지만, 어떻게 살고 있는지를 서술하는 생기부도 있다고? 말이 안 되는 소리였다. 생기부는 대학교 교수나 입학사정관, 더 나아가 취업할 때 기업에서 보는 건데, 성장이 아니라 삶을 담으라니. 그걸 누가 관심 있게 보겠다고. 그래도 오항녕 교수님의 답변에서 진심이 느껴졌기에 강연장을 뛰쳐나가진 않았다. 그러나 그의 말이 머릿속에서 떠나지 않았다. 이에 강연이 끝나고 바로 『호모 히스토리쿠스』를 읽으며 생각을 정리해보려 했다. 그러다 우연히 다음 구절을 발견했다.

> 조선시대 문집에 보면 맨 앞에 시가 나오고, 이어서 상소 같은 공문이 나옵니다. 이어 편지나 잡저가 실립니다. 이어 제문, 묘비문, 행장 등이 실리는 것이 보통입니다. 내가 이해하지 못했던 것은 시가 맨 앞에 나오는 것이었습니다. 퇴계 이황의 《퇴계집》에 1~5권이 시이고, 율곡 이이의 《율곡전서》도 초판본 11권 중 맨 앞 권이 시였습니다. 모두 그렇습니다. (중략) 최근에야 그 실마리를 풀었습니다. 시는 문학이 아니라, 일기였기 때문입니다. 일기를 시로 쓴 것입니다. 그래서 문집에 실린 시는 모두 날짜순으로 배열되어 있었던 거지요. [오항녕, 『호모 히스토리쿠스』(개마고원, 2016, p.83)]

이 부분을 읽는데 순간 멈칫했다. 시가 일기였다고? 나는 항상 선인들이 쓴 시를 읽고 감상했을 뿐 직접 시를 써본 적은 없었다. 그렇기에 시라는 것은 보고 느끼고 깨달은 바를 사람들에게 전하는 것이라고만 생각했지, 한 번도 시가 일기처럼 작가 자신에게 말하는 것이라고는 생각해 본 적이 없었다. 그런데 이 책의 말대로 시가 일기라면 이는 남들에게 보이기 이전에 지금의 내가, 과거와 미래의 나에게 던지는 메시지라는 생각이 들었다.

문득 이를 잘 보여주는 시 한 편이 떠올랐다. 천상병 시인의 「편지」라는 시였다. '점심을 얻어먹고 배부른 내가 / 배고팠던 나에게 시를 쓴다.'라는 구절로 시작되는 이 시는 지금 배부른 내가 조금 전까지 배고팠던 나이자, 다시 배고플 나에게 하고픈 말을 담고 있다. 비록 지금은 배가 부르지만, 이것도 곧 찰나이니 헛된 꿈꾸지 말라고 자기 자신에게 당부하는 것이다.

그렇다. 누가 뭐라든 시는 남보다 먼저 자기를 위해 쓰는 거다. 내가 나와 대화를 나누는 가장 원초적인 방식인 것이다. 생기부도 시와 비슷할 수 있지 않을까? 꼭 대학교수나 입학사정관, 헤드헌터나 인사담당자를 염두에 두고 쓰기 이전에, 미래의 나에게 말을 걸기 위해 쓸 수도 있지 않을까? 그렇다면 나의 성장과 실존도 그때 판별되는 것이 아닐까? 지금 내가 남겨 놓은 것들을 미래의 내가 읽어본 뒤 자기와의 대화에 응하여 "맞아, 그때는 이 문제 때문에 진짜 힘들었었는데.", "내가 저런 고민을 했다니 정말 순수했었네.", "지금이라면 어떻게 대답할까?"라고 말할 때, 그때 비로소 자신의 성장과 실존을 실감하게 되는 게 아닐까?

어쩌면 이게 오항녕 교수님이 말한 '마당의 역사'로서의 생기부란 생각이

들었다. 어린 시절 할머니 집 마당에 심었던 씨앗, 벽에 새긴 낙서, 돌멩이로 깨트린 항아리, 누워 자던 평상을 긴 세월이 흐른 뒤 다시 마주할 때 느꼈던 회한과 추억, 그리움과 애틋함을 떠올려보니 정말 삶을 담은 생기부도 있을 것 같았다.

그와 동시에 사립학교 교사 지원을 위해 10년 만에 처음 고등학교 생기부를 출력해서 읽어봤을 때 느꼈던 허탈함도 함께 떠올랐다. 당시엔 생기부의 중요성이 지금처럼 강조되지 않았던 터라 내용이 매우 간략하고 형식적이었다. 소위 말해 생기부의 성명란에 내 이름을 지우고 다른 이름을 적더라도 전혀 이상할 게 없었다. 그 자료로는 도저히 고등학교 때를 추억할수 없었고, 그때의 나와 대화를 나눌 수도 없었다. 말 그대로 지나고 나면 그뿐인 '도로의 역사'로서의 생기부였다.

다음날 학교에 가서 일전에 상담했던 아이를 불렀다. 아이는 담임이 부르자 그간 고민했던 결과물을 보여주라는 호출인 줄 알고, 잔뜩 주눅 든 표정으로 찾아왔다. 나는 아이에게 『호모 히스토리쿠스』를 건네며 말했다.

"선생님이 그동안 고민해 봤는데 네가 정말 힘들면 우리 지금처럼 생기부 쓰는 거 그만두자. 대신 네가 성장 스토리를 억지로 만들려고 하지 않았다는 그 모습 자체를 생기부에 적어줄게. 그리고 상담하며 울었던 일화부터 기숙학교에서 생활하며 힘들고 지치고 좌절했던 일들도 최대한 담아 볼 게. 네가 얼마나 제 삶에 충실했던 사람이었는지 잘 기록해 줄 테니 10년 뒤에 꼭 다시 읽어봐. 그 대신 앞으론 절대 네가 스스로 걸어온 길을 후회하거나 비관하지 말고, 오히려 더 우직하게 걸어가!"

이렇게 말해주니 아이는 마음이 조금 풀린 것 같았다. 그러나 얼마 지나지 않아 이게 얼마나 오만한 소리였는지 뼈저리게 깨닫게 되었다. 말은 멋들어지게 했지만 중요한 사실을 간과하고 있었던 것이다. 이렇게 삶을 관찰하여 '창의적 체험활동 상황'과 '행동특성 및 종합의견'에 써줘야 할 반 아이가 30명, '세부능력 및 특기사항'에 써줄 아이가 250명 이상 있다는 사실이었다.

그때부터 옛 시인이 겪었다는 시능궁인[詩能窮人 : 시가 사람을 궁하게 만든다.]의 고통도, 공자께서 말씀하신 술이부작[述而不作 : 기존에 있던 걸 기술하기만 할 뿐 새로 지어내지 않는다.]의 위대함도 절로 이해가 되었다. 삶을 기록해 주는 것은 성장을 기록해 주는 것보다 훨씬 더 어려웠다. 극적인 성장 스토리를 만들어주는 것이 인위적인 맛을 내는 화학 조미료를 치는 것이라면, 일상적인 삶을 관찰하여 기록하는 것은 오랜 기간 숙성해서 깊은 맛을 내는 천연 조미료를 쓰는 것과 같다고 할까?

그렇기에 시간은 남들보다 배가 걸리지만, 막상 속을 들여다보면 인상적이거나 자극적인 것 없이 심심한 기록들이 많았다. 그래도 하나 자부하는 것은 내가 쓴 생기부의 학생 성명란을 다른 이름으로 바꾸면 말이 안 된다는 것이다. 또한 재밌는 건 이렇게 생기부를 쓰다 보니 좋아하는 한시들도 차츰 바뀌기 시작했다는 점이다. 예전에는 해석은 껄끄럽지만 읽을수록 맛이 나는 시들을 좋아했다면, 요즘에는 일상의 사소한 장면들을 세심하게 관찰하여 그 안에 담긴 삶의 정수를 담담하게 읊은 시들이 마음에 와닿는다.

그럼 마지막으로 생기부를 쓰기 전에 꼭 읽는 조선 후기 문인 이용휴의 시를 소개하며 긴 글을 갈음하고자 한다.

送申使君之任漣川(송신사군지임연천) 신광수를 연천 사또로 보내며

1수
嬰兒喃喃語(영아남남어) 어린 아기 칭얼대는 소리를
其母皆能知(기모개능지) 그 어미는 모두 알아듣네.
至誠苟如此(지성구여차) 지극한 정성이 정말 이와 같다면
荒政豈難爲(황정기난위) 흉년이라도 정치가 어찌 어렵기만 하겠는가!

2수
村婦從兩犬(촌부종양견) 시골 아낙이 두 마리 개를 앞세우고

枵栳盛午饁(고로성오엽) 나무 광주리에 점심밥을 담아간다.

或恐蟲投羹(혹공충투갱) 혹여 벌레가 국에 빠질까 봐 두려워서

覆之以瓠葉(복지이호엽) 호박잎으로 덮어 두었구나.

"신혼여행 때 아내에게 고집부려서 같은 날 두 번이나 올랐었던 프라하의 전망대입니다. 낮에는 선생님의 글처럼 모든 것이 '도로의 역사'로 보이지만, 밤이 되면 도로의 역사는 온데간데없이 사라집니다. 아마도 어떤 방은 환한 불빛 아래서 식사를 하거나 책을 읽을 것이고, 어떤 방은 깜깜한 어둠 속에서 명상을 하거나 단꿈을 꾸는 등 각자의 '일기'를 써나가겠죠. 비록 비용은 두 배로 냈지만, 같은 풍경을 낮과 밤 다른 두 가지 버전으로 담을 수 있어서 행복했습니다."

[10]

흔들림 없이 나아갈 뿐이다

몇 해 전부터 풀리지 않는 물음 하나가 있다.

'굳이 왜 돌아왔을까?'

그 시작은 수업 시간에 최치원의 「가을밤 비 내리는 속에」와 박제가의 「종이연」을 다루면서부터였다.

秋夜雨中(추야우중) 가을밤 비 내리는 속에

秋風惟苦吟(추풍유고음) 가을바람에 이렇게 힘들게 읊고 있건만
擧世少知音(거세소지음) 온 세상 어디에도 알아주는 이 드무네.
窓外三更雨(창외삼경우) 삼경 깊은 밤 창밖에 비는 내리고
燈前萬古心(등전만고심) 등불 앞 초조한 심사는 만 리를 달리네.

紙鳶(지연) 종이연

野小風微不得意(야소풍미부득의) 들이 좁고 바람도 약해 뜻을 얻지 못하는데

日光搖曳故相牽(일광요예고상견) 햇빛에 흔들리며 서로가 끌고 있네.

削平天下槐花樹(삭평천하괴화수) 천하의 홰나무를 모두 쳐서 평평하게 하면

鳥沒雲飛乃浩然(조몰운비내호연) 새도 없고 구름도 흩어져서 마음이 확 트이리라.

이 시들을 지은 최치원과 박제가는 뛰어난 재능과 그에 버금가는 의지와 노력으로 멀리 중국에까지 이름났던 인물들이다. 그러나 둘은 모두 신분적 한계와 사회의 고정관념 때문에 좋은 세상을 만들고자 하는 포부를 발휘할 기회를 제대로 얻지 못했다. 그렇기에 최치원은 알아주는 이 없는 외로움을 괴로이 읊조렸고, 박제가는 천하의 홰나무를 모두 쳐내어 세찬 바람이 자신을 옭아매는 족쇄와 보이지 않는 줄까지 다 끊어주길 바랐다.

나는 그런 그들이 안쓰러우면서도 한편으론 자신을 알아주지 않는 꽉 막힌 고국에 얽매일 필요가 있었을지 의문이 들었다. 물론 그들이 살았던 시대의 특수한 상황을 현재의 안목으로 함부로 판단해서는 안 된다는 것을

잘 알고 있다. 그렇지만 그들이 쓴 글이나 삶의 궤적을 살펴보면 당대의 통념과 관습을 넘어서는 깨어 있는 면모들이 많았다. 따라서 쉽지는 않을지라도 외부의 새로운 장소에서 내부의 억압적인 공간을 바꿀 가능성을 열어가는 방법도 있었을 것 같았다. 그러다 보니 '굳이 왜 돌아왔을까?'란 물음을 품게 된 것이다.

이런 물음을 품게 되자 새로운 인물들도 꼬리를 물고 떠올랐다. 도를 행하기 위해 천하를 주유했으나 끝내 등용되지 못하고 노나라에 돌아와 후학을 양성했던 공자나, (플라톤의 비유적 표현이긴 하지만) 위험을 무릅쓰고 동굴 밖으로 나가 세상의 본질과 실체를 깨달았지만, 다시 그 어두컴컴한 동굴로 돌아와 죄수들을 해방하려 했던 소크라테스처럼. 우리는 알고 있다. 그들은 만세의 목탁[木鐸 : 세상을 깨우쳐 인도할 만한 사람]으로서 당대는 물론 후대에까지 큰 영향을 끼쳤지만 돌아온 뒤의 삶이 순탄치 않았음을 말이다.

공자는 자신의 노력과 열망에도 불구하고 세상은 더욱 어지러워졌고, 도를 향해 함께 나아갔던 제자들의 안타까운 죽음을 지켜봐야만 했다. 소크라테스는 죽을 위기에 처한 민주파를 구제해 주었음에도 청년들을 현혹했다는 죄목으로 그 민주파에게 처형당했다. 돌아오지 않았더라면 그런 수모를 당할 일도 없었다.

〈죽은 시인의 사회〉 속 키팅 선생도 마찬가지다. 엄격하고 권위적이며 입시만을 중시하는 웰튼 아카데미의 졸업생이었으면서, 게다가 그런 구조에 환멸을 느껴 '죽은 시인의 사회'라는 비밀 동아리를 만들었으면서, 다시 그 학교의 영문학 교사로 돌아왔으니 말이다. 환하게 빛나는 이성의 햇빛보단 은은하게 퍼져가는 삶의 불씨를 강조하고, 사회가 원하는 성공을 이루기 위해 현재를 희생하기보단 스스로 가치를 깨닫고 능동적인 주체가 되도록 이끄는 자신의 교육 방식이 웰튼 아카데미에서 받아들여질 것으로 생각했던 걸까? 그는 이런 교육 방식이 아이들과 학교에 혼란을 줄 수도 있음을 몰랐을까? 그는 자신이 웰튼 아카데미에서 이질적인 존재로 취급받으며 결국 해임될 운명임을 예상하지 못했을까? 아니면 알면서도 돌아온 것일까?

나는 이 물음에 대한 나름의 해답을 뜻밖에도 『심청전』에서 얻었다. 좀더 정확히는 『심청전』을 파격적으로 해석한 이진경 철학자의 『파격의 고전』이란 책에서 찾았다. 이 책은 『심청전』을 비롯한 우리 고전을 기존의 정형화된 방식으로 해석하지 않고 새로운 관점으로 들여다보려고 노력한다. 예를 들어 『심청전』의 경우, 맹목적인 '효'의 관점에서 벗어나 '심청은 왜 피할 수 있는 죽음을 고집한 것인가?'란 질문부터 던진다. 이와 비슷한 논의는 이전부터 꽤 있었다. 대표적인 예가 만약 심청이 공양미 삼백 석에 아버지가 눈을 뜰 것을 믿고서 죽음을 선택한 거라면 잔치를 벌일 적에 '장님'이 아니라, '장님이었다가 눈을 뜬 홀아비'를 초대했어야 마땅하다는 주장이다. 장님을 초대했다는 것은 애초에 아버지가 눈을 뜰 거라고 믿지 않으면서 죽음을 선택했다는 방증이기 때문이다.

　이진경 철학자의 경우는 심청이 수정궁에서 보이는 모습에 주목한다. 심청은 수정궁에서 지낼 때 옥황상제를 비롯한 누구에게도 고향에 계신 아버지께 돌아가고 싶다고 하소연하지 않는다. 특히 옥황상제의 명을 받아 심청을 극진하게 대우했던 인당수 용왕이나 살아생전 심청의 친모였던 광한전 옥진 부인에게 한 번쯤은 아버지 곁으로 돌아가게 해달라고 간청할 수 있었을 텐데도 그런 시도조차 하지 않았다는 것은 곱씹어 볼 필요가 있다는 것이다. 이에 대해 이진경 철학자는 다음과 같이 말한다.

연꽃 속의 심청이는 집으로 돌아가지 않습니다. 집으로 돌아간다는 것은 눈먼 아버지가 있는 곳, 효라는 눈먼 도덕이 지배하는 곳으로 돌아가는 것이고, 그 눈먼 아버지와 눈먼 도덕에 맹목적으로 순종하는 '눈먼' 삶으로 돌아가는 것입니다. 그렇게 하는 대신 심청은 아버지를 비롯해 맹인들, 즉 눈먼 삶을 사는 모든 이를 집에서 불러냅니다. 익숙하지만 작은 세계에서 넓은 세계로 불러냅니다. 그리고 눈먼 삶에서 눈을 뜨게 하지요.[이진경, 『파격의 고전』 (글항아리, 2016, p.48~49)]

이진경 철학자의 말을 들으니 그간 나는 '돌아가다.'라는 말을 지나치게 평면적으로 이해하고 있었음을 깨달았다. 사전적 의미인 '어떤 대상이 원래의 장소로 되돌아가는 것'에만 집중했다는 뜻이다. 하지만 좀 더 심층적으로 접근해 보면 떠나기 전의 '나'와 떠난 뒤의 '나'는 엄연히 다른 존재다. 거기에는 단순히 고향과의 이별만이 아니라, 그동안 살아온 삶, 윤리, 도덕, 법, 제도, 공동체 그리고 나 자신과 철저한 이별이 있었을 것이다. 이와 더불어 낯설고 어색한 것들과 관계를 형성하는 과정에서 현재의 새로운 나와의 만남이 있었을 것이다.

이 새로운 나의 가장 중요한 특성은 이전과는 달리 외부적인 힘과 권위에 의한 선택을 강요당하지 않는다는 점이다. 오히려 내면의 주체적인 힘과 의지에 따라 능동적으로 선택을 시도하게 된다. 이런 내 생각을 간단한 그림으로 표현하면 다음과 같다.

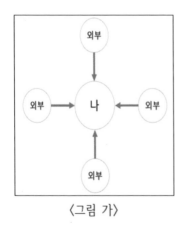

〈그림 가〉

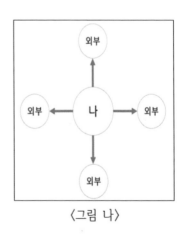

〈그림 나〉

〈그림 가〉의 경우는 외부의 다양한 힘이 각기 나에게 일방적으로 작용하고 있다. 그 힘의 크기와 강도에 따라 오직 하나의 선택만을 강요당하기 때문에 각각의 선택은 상호 배타적인 구도를 갖게 된다. 예를 들어 '돌아감'과 '돌아가지 않음'은 대립 항으로써 둘 중 나를 더 옥죄는 것 하나만을 선택할 수밖에 없고, 그 결과는 나에게 기쁨과 환희보단 굴욕과 슬픔 같은 수동적인 감정을 일으킨다.

반면 〈그림 나〉의 경우는 뻗어나가는 방향만 다를 뿐 모두 내 안에 잠재된 주체적인 힘과 의지가 외부로 작용하고 있다. 특히 이때 외부는 내가 가진 힘의 크기와 가능성을 인식하고 발휘할 수 있도록 자극하는 역할을 한다. 따라서 각각의 선택은 상호 보완적인 구도를 갖게 되며, 통철한 자기 인식을 통해 여러 곳으로 분산된 힘을 하나의 선택으로 집중시킬 수만 있다면 더 큰 시너지를 낼 수 있다. 그러므로 앞선 경우와는 달리 새롭게 거듭난 나, 다른 세계, 다른 삶을 시도하기 위해 떠난 나에게는 더는 '돌아감'과 '돌아가지 않음'이 대립 항이 아니다. 결단을 통해 돌아가는 것이 옳다고 생각했으면 돌아가서 모두 힘을 쏟고, 돌아가지 않는 것이 옳다고 생각했으면 새로운 공간에서 젖 먹던 힘까지 발휘하면 그만이다. 아울러 〈그림 가〉처럼 애초에 불구덩이 속에 뛰어드는 불나방처럼 외부적인 힘에 압도되어 한 선택이 아니었기에, 혹 결과가 저 불나방과 똑같을지라도 '타고 남은 재가 다시 기름이 된다.'라는 각오로 끝까지 흔들림 없이 나아갈 뿐이다.

그렇다. 나아갈 뿐이다. 어쩌면 나는 첫 질문부터 잘못한 것일지 모르겠다. "왜 굳이 돌아왔을까?"라고 물을 게 아니라, "어떻게 멈추지 않고 계속 나아간 것일까?"라고 물었어야 마땅한 것 같다. 도대체 새로 거듭난 그들 안에는 어떤 힘과 동기, 철학이 굳건하게 자리 잡고 있던 것일까? 최치원은 그토록 오래 어두컴컴한 방 안에서 심연 속 괴물과 싸우며 만 리 밖까지 내 달리면서도, 박제가는 탁 트인 요동 벌판의 맞바람을 온몸으로 맞아 높은 하늘까지 나는 짜릿한 쾌감을 맛봤으면서도, 공자는 아끼는 제자가 죽고 기린이 잡히는 것을 보고 대성통곡을 했으면서도, 소크라테스는 마음만 먹으면 얼마든지 독이 든 성배를 내던지고 떳떳하게 감옥 문을 걸어 나갈 수 있었으면서도 죽는 순간까지 나아갈 수 있었던 것일까?

그들의 나아감을 제대로 이해하려면 나 또한 다른 세계, 다른 삶을 모색하고 새로운 나로 거듭나기 위한 시도를 멈추지 말아야 할 것이다. 그것이 어렵다면, 현재 내가 있는 자리를 떠나기 어렵다면, 적어도 동정과 연민의 시선을 가지고 그들의 선택을 폄하하고 왜곡하지는 말아야 할 것이다.

문득 얼마 전 새로운 길을 모색하고 싶다며 학교를 떠나는 동료 교사에게 너무 쉽게 "힘들면 언제든 학교로 돌아와요."라고 말했던 게 떠올라 얼굴이 화끈거렸다. 다시 만나면 꼭 말해주고 싶다.

"흔들리지 말고 한 번 끝까지 가보세요!"

"이 사람은 왼쪽으로 가는지 혹은 오른쪽으로 가는지, 자전거 타기를 이제 막

시작하는 사람인지 아니면 힘든 일정을 끝마치고 집으로 돌아가는 사람인지 사

진상으로는 정확히 알 수 없습니다. 하지만 어쨌든 앞으로 나아갈 뿐입니다."

[11]

삶을 참조하는 앎

할머니께서 아기에게 웃으면서 밥을 먹이셨다.

나는 항상 저 문장을 칠판에 적는 것으로 새 학기 한문 수업의 포문을 연
다. 보통 아이들은 한문 선생님이 자기 이름을 한자로 멋들어지게 적는 것
으로부터 한문 수업이 시작되는 줄 알기에, 익숙하면서도 도무지 이유를
짐작할 수 없는 한글 문장을 적으면 의아해하기 마련이다. 그럼 나는 아이
들에게 말한다.

"지금부터 여러분 대 저, 30 대 1로 아이스크림 내기를 하겠습니다. 저
문장에서 어색한 부분을 찾아서 바르게 고치면 여러분이 승리하는 게임입
니다. 단, 어색한 부분은 '선생님이 생각하는 어색한 부분'입니다. 기회는 5
번, 제한 시간은 10분. 충분히 상의해서 대답하세요."

그러면서 내가 생각하는 어색한 부분과 정답을 종이에 적은 뒤 반으로 접어 교탁 서랍 안에 넣어둔다. 아이들은 예상치 못한 교사의 선전포고에 처음엔 당황하지만, 이내 전투태세를 취한다. 아직 자기들끼리도 서먹서먹 한 상태라 친해질 기회를 엿보고 있었는데, 고리타분할 줄 알았던 한문 수업 때 협동 게임을 한다니 이게 웬 떡인가 하는 분위기다.

곧바로 게임에 진심인 아이들의 질문 공세가 쏟아진다.

"난센스 퀴즈인가요?"

"정답이 있는 건 맞나요?"

"문법적인 오류를 찾으라는 건가요?"

그중 눈치 빠른 녀석 하나가 다른 아이들을 진정시키며 질문을 던진다.

"만약 선생님께서 어색하다고 한 부분에 저희가 수긍하지 못하면 어떻게 되는 건가요?"

나는 놀란 척(?)하며 말한다.

"선생님이 정답과 이유를 말했을 때 여러분이 수긍하지 못하면 제가 지는 걸로 할게요."

이 말까지 들으면 아이들은 속임수가 있지 않겠냐는 의심의 눈초리를 거두고 일제히 흥분한다. 설령 답을 맞히지 못하더라도 교사의 설명에 학급 전체가 수긍하지 않는 것으로 대응할 수 있다는 점에서 자신들이 우위에 있다고 생각하는 것이다. 이때부턴 수업 시작 때의 어색했던 분위기가 무색하게 눈앞에 있는 적인 한문 교사를 무찌르기 위해서 학급 전체가 대동단결한다. 나는 기꺼이 악당 역할을 자처한다. 일부러 훼방을 놓기도 하고, 교란 작전을 펴기도 한다. 그러면 그럴수록 아이들의 승부욕은 더욱 불탄다. 그때 참지 못하고 한 아이가 불쑥 답을 한다.

"'웃으면서'가 아니라, '웃으시면서'라고 써야 하는 거 아닌가요?"

"땡!"

허무하게 기회 하나를 날려버린 아이들은 그제야 이 게임이 단순히 그동안 배운 문법 지식을 시험하는 게 아님을 깨닫는다. 몇몇 아이들은 자신들이 너무 불리하다며 힌트를 달라고 조른다. 그럼 나는 또박또박 말한다.

"삶을 참조하는 앎."

도무지 힌트답지 않은 힌트에 여기저기서 야유가 터져 나온다. 그런 와중에 구석에 있던 세현이가 옆 친구의 응원을 받아 수줍게 손을 든다.

"할머니가 어색한 것 같아요."

"왜?"

"원래라면 엄마나 아빠가 밥을 줘야 하잖아요."

"할머니가 줄 수도 있잖아?"

"그럴 수도 있는데요. 한국 사회에서 아기를 키우려면 어쩔 수 없이 부모가 맞벌이해야 하잖아요. 그러다 보니 할머니가 손자를 키우는 거죠. 이것도 어색하다면 어색한 거 아니에요?"

여기저기서 "오~ 대박!"이라는 탄성이 쏟아진다. 정작 그 말을 한 세현이는 얼굴이 빨개져서 어쩔 줄 모른다. 나 역시 당황해서 안절부절못한다.

그걸 간파한 아이들은 자신들이 이겼다며 좋아한다.

"선생님이 당황한 이유는 내가 생각한 정답을 맞혀서가 아니라, 나도 미처 생각하지 못한 정답을 말해서야. 세현이는 어떻게 이런 생각을 했니?"

"저도 비슷했거든요. 부모님께서 두 분 모두 군인이신데 부대가 서로 떨어져 있다 보니 초등학교 때까지 할머니 댁에서 자랐어요."

"그랬구나. 비슷한 경험을 했구나. 일단 선생님이 생각한 답은 아니니깐 틀린 걸로 할게. 그렇지만 선생님보다 더 좋은 답을 말했으니까, 따로 더 맛있는 아이스크림으로 챙겨줄게."

나는 세현이에게 가볍게 눈인사를 한다. 자신의 경험담을 진솔하게 꺼내 준 덕분에 아이들이 좀 더 깊은 부분까지 고민해 볼 수 있도록 도와주었기 때문이다. 나는 이 흐름을 놓치지 않으려고 추가 힌트를 던진다.

"혹시 이 반에 나이 어린 동생 있는 사람?"

네댓 명의 아이들이 손을 든다. 그 와중에 서로 누구 동생이 더 어린지,

남동생이 나은지 여동생이 나은지 티격태격한다. 나는 이 아이들이 정답을 알고 있을 거라고 말해준다. 남은 시간은 대략 2분. 다들 그 아이들에게 빨리 답을 말하라고 추궁한다. 그런데 정작 당사자들은 답답해 미칠 지경이란 표정을 짓는다. 뭐 특별할 게 있겠냐면서 짝꿍을 보며 연신 밥 먹이는 시늉을 한다. 그때 은유가 환호성을 지른다.

"저 정답을 찾았어요!"

"뭔데?"

"할머니께서!"

"할머니께서!"

"아기에게!"

"아기에게!"

"(볼펜으로 비행기 흉내를 내면서) 슈웅~ 하면서?"

"슈웅~ 하면서?"

"…."

"…."

순간 교실은 아수라장이 된다. 한쪽에선 배꼽을 부여잡고 깔깔거리고, 다른 한쪽에선 은유를 따라 펜으로 비행기 흉내를 낸다. 어린 시절 누구나 한번쯤은 경험했던, 아기에게 밥을 먹이기 위해 숟가락으로 비행기 흉내를 내며 주의를 집중시켰던 일을 은유가 맛깔나게 재현한 것이다. 나는 어수선한 분위기를 진정시키며 예정된 시간이 종료되었음을 알린다. 아이들은 빨리 정답인지 아닌지 알려달라고 보챈다. 나는 한껏 뜸을 들이다 말한다.

"땡! 그렇지만 90프로 정답에 가까웠어."

모두 실망한 표정이 역력하다. 그만큼 재빨리 다시 전열을 가다듬으며 최후의 보루인 '납득 거부 시위'를 벌일 준비를 한다. 나는 정답을 적어놨던 종이를 꺼내서 보여준다.

> 할머니께서 아기에게 **아~ 하면서** 밥을 먹이셨다.

답을 본 아이들의 반응은 각양각색이다. 그럴싸하다며 박수 치는 아이도 있고, 이게 뭐냐고 볼멘소리하는 아이도 있다. 세현이는 웃으며 고개를 끄덕이고, 은유는 여전히 펜으로 허공을 휘저으며 '비행기 흉내를 내면서'는 왜 안 되냐고 입을 삐쭉 내민다. 나는 은유를 교탁 앞으로 부른다. 그리고 나를 아기라 생각하고 비행기 흉내를 내면서 먹이는 시늉을 해보라고 한다. 은유는 결의에 찬 표정으로 나오고, 아이들은 은유에게 모든 게 달렸다는 듯 응원한다. 은유는 저 멀리서부터 '슈웅~ 슈웅~' 비행기가 바람을 가르는 소리를 내며 나에게 다가온다. 나는 아기처럼 은유의 펜이 움직이는 대로 시선을 옮긴다. 입에는 미소를 띤 채로. 그러자 펜이 입으로 향하는 마지막 순간, 미소 띤 나를 보자 은유는 자기도 모르게 '아' 하고 입을 벌린다. 은유는 당황하고 아이들은 좌절한다.

그러나 이런 나의 혼신의 아기 연기에도 몇몇 아이들은 끝까지 인정하지 않는다. 자기는 할머니께서 웃으면서 주는 밥도 잘 먹었다며 두세 살 때의 기억을 끄집어내는 아이도 있고, 자기는 모유밖에 안 먹어서 모른다고 우기는 아이도 있다. 그때 반장인 영서가 외친다.

"우리가 졌다."

대장의 예상 밖 항복 선언에 아이들뿐만 아니라, 나도 놀란다. 영서는 어머니와 나눈 메신저 내용을 아이들에게 공개한다.

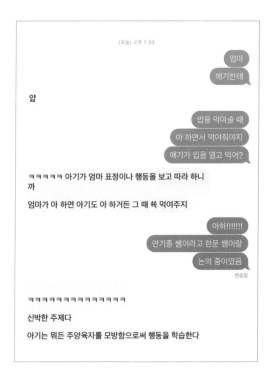

아동 심리상담사 그리고 무엇보다 딸에게 직접 밥을 떠먹인 어머니의 명쾌한 답변을 보자, 아이들은 언제 그랬냐는 듯이 모두 흔쾌히 패배를 인정한다.

"왜 선생님이 귀중한 한문 수업 첫 시간에 이 게임을 했는지 알겠니? 교사 소개, 수업 진도, 평가 방법, 수행 평가 기준 등을 안내하는 것만으로도 한 시간이 꽉 차는데."

"아이스 브레이킹을 위해서 하신 거 아녜요?"

"그 말도 맞지만, 더 중요한 이유가 있어. 선생님이 준 첫 번째 힌트가 뭐였지?"

"삶을 참조하는 앎이요."

"그래. 삶을 참조하는 앎. 선생님이 좋아하는 고병권 철학자가 『살아가겠다』라는 책에서 쓴 표현이야. 선생님은 이 표현을 보는 순간 한문이야말로 '삶을 참조하는 앎'을 가르치는 교과라는 확신이 들었어."

"무슨 말인지 잘 이해가 안 돼요."

"그렇지? 칠판에 적었던 문장도 교육자이자 우리글 바로 쓰기에 앞장섰던 이오덕 선생님의 글을 읽다 떠올린 거야. 이오덕 선생님께선 생전에 '정직한 삶의 표현이 되고 삶의 창조가 되는 글을 써야 하는데, 강요 때문에 거짓으로 남을 흉내 내는 글을 쓰는 것'을 걱정하셨던 분이거든. 저 문장은 머리로 상상하면 너무 아름답지? 나이 지긋한 할머니가 앳된 손주를 흐뭇하게 바라보며 밥을 먹이는 장면이니깐. 하지만 실제로는 이뤄지기 어려워. 왜 그런 줄 아니?"

"아기는 뭐든 따라 하니깐요."

"그래. 할머니가 웃으면 아기도 따라 웃고, 은유가 '슈웅~'이라고 하면 아기도 입을 오므릴 테니깐. 게다가 너희 예전 모습을 떠올려봐. 밥 잘 먹었니? 떼쓰고 버티지 않았어? 그만큼 밥 한술 먹이는 건 고되고 어려운 일이거든. 그러니 그 한술이 얼마나 귀하겠어. 절로 할머니의 입이 벌어지지 않겠어? 사랑하는 만큼. 다르게 말하면 '웃으면서'라는 말에 이상함을 느끼지 못하는 건 간절한 마음으로 아기에게 밥을 먹여본 경험이 없어서라는 뜻이겠지. 이렇듯 삶의 경험을 통해서만 터득되고, 이상함을 알아채게 하는 앎이 있는 거지."

"그런데요. 그게 한문 수업과 무슨 관련이 있어요?"

"좋은 질문이야. 너희들 한문 수업한다고 했을 때 무슨 생각부터 들었어? 한자 쓰고, 외울 걱정부터 하지 않았어? 중학교 때 한문 안 배운 친구들은 내신 공부 어쩌나 막막하지 않았어? 혹여 한자 급수 있는 아이들이 성적 잘 받을 거로 생각하지 않았어? 물론 한자어나 성어 많이 알면 언어생활에 도움이 되니 선생님도 외우게 할 거지만."

"(이구동성) 안 돼요."

"너무 걱정하지 마. 선생님 수업에서만큼은 한자 1급 자격증 있는 것도, 중학교 때 한문 배운 것도, 그럴 리는 없겠지만 한문 선행 학습해 온 것도 전혀 중요하지 않으니깐. 어차피 너희들 대부분은 한문 하나도 모를 거든."

"지금 저희 무시하시는 거예요?"

"아니, 말했잖아. 선생님 수업에서만큼이라고. 여기 있는 너희들은 선생님보다 국어나 영어나 수학, 과학은 잘할지 모르지만, 한문만큼은 나보다 못할 거야. 선생님 전공이 한문이라서? 내가 한문 교사라서? 아니야. 대신 선생님은 여러분 부모님보다 한문을 잘한다고는 함부로 말 못 하겠어. 어떤 차인지 알겠니?"

"나이?"

"비슷해. 좀 더 정확히 말하면 삶의 경험 차이 때문이야. 아무리 선생님이 한자를 많이 알고 『논어』를 잘 번역하더라도, 절대 나는 '부모는 오직 자식이 병들까 봐 걱정합니다.'라는 공자님의 말씀을 여러분 부모님보다 잘 이해할 수 없거든. 그저 우리 반 아이가 아플 때나 선생님 조카가 아플 때 느끼는 애틋함과 비슷할 거로 추측할 뿐이지."

"그럼 저희가 선생님보다 한문 더 잘할 때도 있겠네요?"

"언제?"

"저희는 다 기숙사 생활하고 가족과 떨어져 살고 있잖아요. 그럼 고향이나 부모님을 그리워하는 시 배울 때는 저희가 더 잘하겠네요."

"인정! 아무튼 그래서 한문 수업과 관련이 깊다고 생각하는 거야. 한자는 표의문자(뜻글자)여서 만들어질 때부터 글자 안에 삶의 경험과 깨달음이 담기게 돼. 그런데 만들어진 후로도 여러 사람이 비슷한 경험을 해서 검증을 하고 공감대를 얻어야 널리 통용되거든. 그러다 보니 때로는 특이한 경우도 생겨. 이게 무슨 한자인 줄 아니?"

나는 칠판에 亂(어지러울 난)을 적는다.

"'어지러울 난'이요."

"정답! 이 한자는 두 손으로 실패에 뒤얽힌 실을 풀고 있는 모습을 표현한 한자거든. 근데 엉킨 실은 풀어야 사용할 수 있지? 그래서 같은 한자 안에 '다스리다'라는 뜻도 있어. 그래서 난신(亂臣)이라고 하면 나라를 어지럽히는 신하도 되지만, 어지러운 나라를 잘 다스리는 신하도 돼. 이렇게 상반된 뜻도 그냥 나오는 게 아니라, 삶의 경험과 깨달음을 통해 나오는 거지."

"영어단어 'overlook(바라보다, 간과하다)' 같은 것도 비슷하겠네요?"

"아마도 그렇지 않을까? 그런데 어떤 면에서 한문은 영어보다 훨씬 더 사례가 많을 것 같아. 한문은 사어(死語)거든. 지금도 새로운 작품이 마구 쏟아져 나오는 국어나 영어 같은 살아있는 언어가 아니라, 길게는 천여 년,

짧게는 백여 년 전부터 새로운 작품이 끊긴 죽은 언어거든. 그런데 이게 중요해. 다른 언어들은 급변하는 시대를 거울삼아 작품을 바라본다면, 한문은 작품을 거울삼아 시대를 바라보거든. 그러니 모든 시대를 관통하는 삶을 참조하는 앎이 담겨 있지 않으면 고리타분하다거나, 꼰대 같다는 말을 듣기 십상이지."

"그렇게 말씀하시면, 국어나 영어, 사회, 역사 선생님이 서운하시지 않겠어요? 그 선생님들도 삶을 참조하는 앎을 추구할 수 있잖아요."

"물론이지. 알잖아, 우리 학교 선생님들 얼마나 열심히 수업하시는지. 그래서 한편으론 안타까워. 아무래도 그 교과들은 입시에 직접적인 과목이다 보니 선생님들께서도 시험 진도나 입시 정책에 영향을 많이 받아서 삶을 참조하는 앎보다, 앎을 참조하는 앎에 더 집중할 수밖에 없으시니깐. 그런데 다른 한편으론 뿌듯하기도 해. 그만큼 내가 사명감을 가지고 여러분들에게 삶을 참조하는 앎을 전할 수 있으니깐. 그리고 오만하게 들리겠지만 한문만큼은 AI 교사와 대체 불가능하다고 생각하거든."

"왜요?"

"요즘 AI 그림 그리기가 대세잖아. 그래서 선생님이 한번 '할머니께서 아기에게 밥을 먹이셨다.'로 그림을 의뢰해 봤거든. 어떤 결과가 나왔을 것 같아?"

나는 아이들에게 다음 그림들을 보여준다.

"삶을 참조하는 앎에는 경험과 깨달음이 중요하다고 했지? 보통 그 경험과 깨달음은 정신과 육체의 고난과 역경, 사랑과 관심을 통해 얻어지는 게 대부분이거든. 그리고 그 과정에서 평소에 잘 보이지 않았던 게 어색하게 보이고, 잘 들리지 않았던 게 이상하게 들리기 시작하거든. 그런 면에서 지금의 AI가 삶을 참조하는 앎, 몸에 새겨지는 앎까지 이를 수 있을까?

만약 지금보다 훨씬 고도화된 AI가 나와서 지각, 분석, 종합 같은 지적 능력만 아니라, 감각, 통증, 온기 같은 신체 능력까지 구현한다면, 그래서 '웃으면서'가 어색하다는 것을 자각하게 된다면야, 선생님은 기꺼이…."

"그만두시게요?"

"아니, 왜 그만둬! 같이 팀 티칭으로 한문 수업해야지. 얼마나 설레? 종을 뛰어넘어서 인간과 기계가 친구가 되어 학생들에게 함께 '삶을 참조하는 앎'을 이야기하게 되는 건데. 그렇게 되면 인간뿐만 아니라, 기계, 동물, 자연 안에 있는 모든 어색한 장면들에 주목하고, 진심으로 사랑할 수 있게 될 텐데."

나는 삶을 말하는 교사입니다

"얼마 전 유명인의 집을 탐험하여 사진을 찍고 이를 전시하는 것을 자신의 예술로 삼아온 작가의 전시를 본 적이 있어요. 보통 낯선 사람에게 자신의 집을 구석구석 보여주는 건 퍽 꺼려지는 일이기 때문에, 개인적으로는 무척 신기한 경험이었어요. 삶의 동선에 맞추어 정신없이 어질러져 있는 물건들이야말로 그 사람의 날 것의 모습을 가장 있는 그대로 보여주는 장치인 것 같아요. 결혼해서야 상대를 진정으로 알게 된다는 말도 결국 처음으로 함께 집을 쓰게 되니 그런 건가 싶어요. 우리 학교 아이들은 집 같은 기숙사에서 삶을 참조하는 앎을 한창 만들어내고 있겠네요.

영국의 캐슬쿰이라는 아주 작은 시골 마을에서 찍은 사진이에요. 빨간 옷을 입은 아저씨는 결국 자신이 입은 옷 색깔과 같은 빨간 문이 있는 집으로 들어가셨어요."

[12]

당신은 아이를 품고 계신가요?

해방촌에 위치한 '우리 실험자들'이란 인문학 공동체에서 니체 세미나에 참여한 적이 있다. 처음엔 별생각 없이 "신은 죽었다."라는 말의 의미가 궁금해서 신청했다. 하지만 시간이 지날수록 '신'과 '죽음'의 문제보단 '나'와 '삶'의 문제에 대해 고민하게 된 의미 있는 강연이었다. 그중에서도 니체의 '아이'와 '임신', '자기 극복'이란 철학적 주제는 큰 영감을 주었다. 니체는 『차라투스트라는 이렇게 말했다』에서 아이의 속성을 다음과 같이 정의한다.

어린아이는 천진난만이요, 망각이며, 새로운 시작, 놀이, 스스로의 힘으로 굴러가는 수레바퀴이고, 최초의 운동이자 신성한 긍정이다.

아이는 세상에 대해 으르렁거리지 않고 오히려 깔깔거린다. 어른들이 서로 총을 겨누며 전쟁을 치르는 황폐한 현장 속에서도 아이는 순진무구하게 공깃돌을 '다시 한번 더' 하늘로 던진다. 어린이 놀이 운동가 편해문 선생의 말로 부연하자면 폐허로 변한 환경이야말로 아이들에겐 신명 나는 놀이터다. 아이들은 자신들이 놓여 있는 현실과 처지, 질곡에 파묻히지 않을 힘을 가지고 있기 때문이다. 이런 아이의 욕망에 충실한 신성한 자기 긍정은 기존의 도덕이나 법률, 관습과 자본의 굴레에 얽매이지 않고 새로운 창조로 나아가게 하는 원동력이 된다. 니체는 이런 아이가 이미 우리 안에 있다고 하였다. 다만 앞에서 말한 도덕이나 법률, 관습과 돈에 종속되어 살아가다 보니 아이를 품을 생각을 하지 않고 있다는 것이다. 따라서 지금이라도 아이를 밸 준비를 하라고 역설한다. 내 안에 아이를, 미래를, 수백 개의 진리를 그리고 새로운 나를 임신해야 한다고.

이와 관련하여 고병권 철학자는 『니체의 위험한 책, 차라투스트라는 이렇게 말했다』에서 니체가 "진리는 바우보(Baubo)가 아닐까?"라고 말했던 부분을 가지고 새로운 해석 가능성을 도출한다. 그리스 신화에 나오는 바우보는 여성의 생식기를 신격화한 인물로 알려졌으며, 기쁨과 탄생, 몸짓 언어를 상징한다. 그런데 니체가 "진리는 바우보가 아닐까?"라고 한 이유는 바우보가 자궁을 가진 가임 여성이었으며, 이 자궁과 가임 능력은 생산과 창조를 위해 필요함을 비유적으로 설명했다고 해석한 것이다.

여기에서 중요한 것은 이 임신을 가능케 하는 여인이 곧 우리 각자의 '삶'이라는 점이다. 우리가 삶을 사랑하고 긍정하면 삶이라는 여인은 다시 우리의 몸을 통해 아이를 낳고 싶어 하며, 이것이 곧 새로운 가치 창조이자 자기 극복이다. 반대로 말하면 삶을 미워하고, 부정한다면 삶이라는 여인은 불임증에 걸린다는 뜻이기도 하다. 낡은 가치와 도덕을 맹신하여 새로운 가치 창조를 외면하는 것이다.

그렇다고 임신을 가볍게 생각해서는 안 된다. 임신에는 필연적으로 구토와 산통이 뒤따른다. 산모는 좋아하는 음식과 가까운 사람들의 체취에도 헛구역질이 일어나고 주변 환경에도 예민하게 반응한다. 또한 태아가 성장할수록 몸과 마음의 피로는 가중되고 출산의 순간엔 엄청난 산통을 느낀다. 그럼에도 불구하고 그것들을 감당할 수 있는 것은 그 고통은 전적으로 우리안의 고귀한 존재인 아이가 무럭무럭 자라고 있다는 증거이기 때문이다.

이 철학적 주제들이 큰 영감을 준 이유는 비단 타당성이나 시의성에 공감해서만은 아니었다. 이 주제들이 한 인물을 통해 미끄러져 들어오는 경험을 해서이다. 2016년 8월 1급 정교사 연수 때 공주대 권정안 교수님의 『논어』 강의를 듣게 되었다. 나는 처음엔 백발의 노교수님이 얼마나 훌륭한 분이신지 알지 못했다. 그러나 강의가 시작되고 얼마 지나지 않아 그동안 얼마나 『논어』를 무심하게 읽었는지 절실히 깨닫게 되었다. 교수님께서 강의 중 던지시는 질문들은 낚싯바늘이 되어 나의 심연에 잠들어 있던 것들을 낚아 올렸다. 그럴 때마다 나는 낚아 올린 『논어』 속 다양한 화두를 어떻게든 산 채로 붙잡아두려고 안간힘을 썼다.

그러던 중 교수님께서 '배우고 때때로 배운 것을 익힌다면 또한 기쁘지 않겠는가.[學而時習之, 不亦說乎. : 학이시습지 불역열호]'에서 '說(기쁠 열)'의 '기쁘다'라는 뜻이 '兌(기쁠 태)'에서 왔으며, 이 兌는 주역에서 '소녀', '작은딸'을 상징한다고 말씀하셨다. 그런데 이전까진 진지한 표정으로 강연에 임하셨던 분께서 이 兌를 설명하실 때는 천진난만하게 웃으시며 "여러분, 귀여운 딸이 있으면 얼마나 기쁘겠어요? 이 기쁨이 뭔지 아시겠어요?"라고 하시는 것이었다. 그 순간 교수님께서 던지신 낚싯바늘에 엉뚱하고 기이한 놈이 걸려 올라왔다. 바로 바우보였다. 이때부턴 근거와 논리를 떠나 이 기이한 놈을 가지고 상상의 나래를 펴기 시작했다.

兌는 본래 '口(입 구)', '儿(어진사람인 발)', '八(여덟 팔)'이 합쳐진 회의자(두 개 이상의 한자들의 뜻을 결합하여 새로운 한자를 만드는 방식)로 알려져 있는데, 나에겐 양팔과 두 다리 그리고 가운데에 자궁을 그린 상형자(사물의 모습을 본떠 한자를 만드는 방식)처럼 보였다. 자궁을 가진 여성의 형상 말이다. 또한 '소녀', '작은딸'이라는 상징은 니체가 말한 '가임 여성'과 닮았다고 생각했다. 거기에 교수님께서 말씀하신 "귀여운 딸이 있으면 얼마나 기쁘겠어요? 이 기쁨이 뭔지 아시겠어요?"란 말속의 딸은 진짜 교수님의 딸이나 손녀일 수도 있지만, 교수님 몸속에 자리 잡은 아이일 수도 있겠다는 생각도 들었다. 그렇기에 연세가 지긋하신 어르신임에도 아이 같은 천진난만한 웃음을 띨 수 있는 것이라 확신했다. 이에 교수님께 이런 질문을 드리고 싶었다.

"교수님, 교수님께선 지금까지 몇 명의 아이들을 낳으셨나요? 지금 임신한 아이는 어떤 아이인가요?"

그러고 보면 비단 교수님뿐만 아니라, 노년에도 불임증에 빠지지 않고 아이를 품고 있는 분들이 세상에는 참 많은 것 같다. "나는 심플하다."라는 말대로 체면과 권위에서 벗어나려고 애썼고 평생을 모두가 좋아하는 단순한 그림을 그리며 아이처럼 살다 간 장욱진 화백, 『몽실언니』와 『강아지 똥』과 같은 동화책을 쓰며 죽는 순간까지도 굶주린 아이들을 걱정했던 권정생 선생, 평생을 가난하고 천대받는 사람들을 찍었지만, 동정과 연민이 아닌 강인한 생명력과 긍정을 담았던 최민식 사진작가 같은 분들 말이다. 고독과 가난, 핍박과 눈총에 굴하지 않고, 새로운 창조를 위해 평생을 바쳤던 분들의 산통이 얼마나 혹독했을지 감히 상상조차 되지 않는다.

아울러 그분들을 보며 나는 아이를 품고 있는지, 혹시 불임증에 걸려 '감아진 대로 풀리며 돌아가는 시계태엽'처럼 살아가고 있는 것은 아닌지, 그걸 내가 가르치는 아이들에게도 그대로 전염시키고 있는 것은 아닌지 진지하게 반성해 본다. 또한 이 글을 읽고 있는 당신에게도 묻고 싶다.

"당신은 아이를 품고 계신가요?"

"영화 〈친구〉를 유명하게 만든 주옥같은 대사들과 연출이 여럿 있지만, 저는 그중에서도 특유의 세피아 톤이 무척 기억에 남습니다. 바다거북과 '아시아의 물개'란 별명을 가진 수영 선수 조오련 중 누가 더 수영을 잘하냐를 두고 싸우는 철없는 아이들의 천진난만한 모습을 그만한 연출 이상으로 담아내기는 정말 어려울 것 같거든요.

그런데 그거 아세요? 세피아의 어원이 '오징어'라는 사실을요. 초창기 세피아 잉크는 오징어 먹물로 만들었다고 해요. 그런데 이 잉크에는 한 가지 문제가 있었는데 지속력이 약해서 쉽게 지워진다는 점이었다고 하더라고요. 그러고 보면 세상 풍파로 인해 순수했던 어린 시절의 추억들이 모두 지워지고 희미한 흔적만 남게 되었음을 보여주기엔 저 세피아톤 만한 게 없겠다는 생각도 드네요.

3장

더불어 삶을 말하다

[13]

'의'와 '와'의 차이

몇 해 전 처음으로 고3 담임을 맡았을 때의 일이다. 코로나가 한창 유행하던 시기라 4월이 넘도록 반 아이들과 직접 만나지 못해 마음이 초조했었다. 무엇보다 대부분 1학년 때 내 수업을 듣지 않았던 터라 친밀감이 없어 더욱 걱정되었다. 그나마 다행인 건 작년 담임교사가 절친한 사이여서 아이들에 관한 몇 가지 일화를 들을 수 있었다는 것이었다. 그중 가장 인상적이었던 아이가 형진이었다.

일화 자체가 크게 특별한 건 아니었다. 형진이는 역사를 좋아해서 역사 관련 전국대회에서 대상도 받았고 학업 성적도 매우 우수한 편이었는데, 2학년 말 담임교사와의 상담에서 '의'란 조사 하나 때문에 머리를 싸매더란 것이었다. 작년 담임교사는 그런 형진이를 보며 한편으론 안쓰러운 마음이 들면서도 다른 한편으론 조사 하나 때문에 세상 무너질 듯 한숨을 쉬는 게 어찌나 귀여운지 웃음을 참느라 혼났다고 했다. 도대체 어떤 문구였기에 머리를 싸맬 정도냐고 물었더니 「삼일 운동의 세계사적 의의」라고 했다. 그 말을 듣는 순간 나는 당장 형진이를 만나고 싶었다. 꼭 확인하고 싶은 게 있었기 때문이다.

실제로 만난 형진이는 수줍음이 많은 아이였다. 어색한 분위기를 풀기 위한 가벼운 농담에도 화들짝 놀라며 눈도 마주치지 못하고, 사소한 질문에도 한참을 고심하다 대답하는 모습에서 왜 작년 담임교사가 애정이 담긴 표정으로 웃음을 참느라 혼났다고 말했는지 알 것 같았다. 그러다가도 역사에 관한 이야기를 꺼내면 언제 그랬냐는 듯 자신감 있는 눈빛과 당찬 말투로 돌변하는 것을 보면서 참 순수하면서도 학구적인 친구란 생각이 들었다. 그렇게 점차 어색함이 사라지자 나는 더는 참지 못하고 작년 담임교사에게 들었던 '의'에 얽힌 일화를 꺼냈다. 아이는 처음엔 짐짓 놀라더니 내심 바랐던 것처럼 속 이야기를 터놓았다.

형진이는 전국 역사 관련 대회에서 대상을 받았을 때만 하더라도 자신의 능력을 인정받은 것 같아 무척이나 기뻤다고 한다. 그래서 교내 학술제에서도 그와 관련이 있는 내용으로 심화 탐구를 진행했다. 그런데 마침 지도교사가 교내·외에서 명성이 자자했던 분이었다. 그 지도교사는 워낙 다방면으로 지식이 풍부하고 수업 능력도 출중한 데다 빈틈없는 철두철미한 성격이었기에 다들 그 앞에선 기가 죽을 수밖에 없었다. 그런데 그게 도리어 교내에 내로라하는 학생들에겐 어떻게든 그에게 인정을 받겠다는 도전 의식으로 작용하는 듯했다. 형진이 역시 그런 점에서 한껏 기대하고 있었는데 막상 첫 학술제 지도 때에 뜻밖의 질문을 받게 된 것이다.

"'삼일 운동의 세계사적 의의'란 제목에서 '의'라는 조사가 이상하진 않니? 꼭 그걸 쓴 합당한 이유가 있니?"

혹시라도 내용에 대한 지적이나 반론이 있을까 싶어 그 부분을 밤새 준비했는데 전혀 예상치 못한 질문을 받게 되자 형진이는 당황했고, "다음 지도 때까지 꼭 알아 오겠습니다."라는 말 외엔 어떤 답변도 할 수 없었다고 한다. 이에 지도가 끝나자마자 부랴부랴 삼일 운동에 관한 논문과 저명한 학자들의 말과 글들을 검색했으나 며칠을 뒤져도 어떤 힌트나 아이디어도 찾을 수 없었단다. 아니, 많은 논문이 자기처럼 '의'란 조사를 사용하고 있어 선생님께서 왜 그런 질문을 한 건지 갈피조차 잡지 못했다고 한다.

결국 마지막 지도 때까지도 '의'를 쓴 이유나 '의' 외에 어떤 조사를 쓸 수 있는지 명쾌한 답을 내지 못했고, 결과적으론 최종 학술 보고서 검토 때에도 제목을 수정하지 못한 채 그대로 제출할 수밖에 없었다는 것이다. 이로 인해 비록 학술제에서 최우수상을 받아 주변 선생님들과 친구들로부터 인정을 받았음에도 기쁘기는커녕 아쉬움과 찜찜함이 남았다고 한다. 어찌 보면 충분히 야속할 만한 상황인데도 결코 그 지도교사의 저의를 의심하거나 원망하지 않고, 반년이 지난 지금까지도 자신의 숙제로 남겨두는 아이가 대견스러웠다.

사실 내가 형진이에게는 상처일 수 있는 일화를 꺼낸 데에는 나름의 이유가 있었다. 저 지도교사처럼 '의'라는 조사가 풍기는 냄새를 예민하게 맡았던 철학자가 있었기 때문이다. 바로 질 들뢰즈다. 일찍이 미셸 푸코는 그를 가리켜 "들뢰즈라는 번개가 일었다. 아마도 어느 날 20세기는 들뢰즈의 시대로 불릴 것이다."라고 평가한 바가 있다. 그런 그가 니체에 관한 책을 썼을 때 제목을 『니체와 철학』이라고 지었다. 보통 어떤 철학자의 사상을 집중적으로 연구할 경우 '의'라는 조사를 붙이는 게 일반적인데 질 들뢰즈는 '니체의 철학'이라 하지 않고 굳이 '니체와 철학'이라고 한 것이다. 왜 그는 '의'가 아닌 '와'를 택한 것일까? 이에 대해 고병권 철학자는 『언더그라운드 니체』란 책에서 이렇게 말했다.

'니체와 철학'이라는 말에서 니체와 철학은 서로 '바깥'에 있으면서 동시에 '와'라는 접속사를 통해, 말 그대로 접속해 있다. 이 말에는 '니체의 철학'이라고 했을 때 풍기는 '소유' 내지 '소속'의 냄새가 나지 않는다. 철학은 니체에 속하는가(더 나아가 철학자는 철학과 소유관계를 맺는가). 그리고 니체는 철학에 속하는가(우리는 니체를 철학 공동체에 소속된 자로 보아야 하는가). 내 생각에 '니체'와 '철학'은 어떤 관계를 맺고 있지만, 서로의 소유물도 아니고 서로에게 소속되어 있지도 않다. 우리가 '니체의 철학'을 말할 수 있다면 그것은 오직 '니체'와 '철학'이 맺는 어떤 관계를 통해서이다. [고병권, 『언더그라운드 니체』(천년의 상상, 2014, p.14)]

이 말은 다양하게 해석해 볼 수 있지만 내 식대로 풀어보자면 이렇다. '니체의 철학'은 철학이 만들어낼 수 있는 무궁무진한 길들의 가능성에 주목하기보단 니체가 걸었던 길만을 바라보게 한다. 그러다 보면 어느새 독자는 이미 화석이 되어버린 니체의 발자국만을 뒤쫓다가 진정 자신의 삶, 철학, 길에 대한 사유와 시도를 멈춰버릴지도 모른다. 반면에 '니체와 철학'은 니체가 철학과 맺고 있는 관계에 먼저 주목하게 한다. 그러면서 이전 철학자들이 걸었던 길을 그가 왜 거부한 것인지, 그가 걸었던 길 위에는 어떤 새로운 가능성이 있는지에 호기심을 갖게 한다. 그 순간 독자는 니체와 함께 길을 걸어가게 되고, 어느 시점에서는 니체와도 헤어져 자신만의 여정을 떠나야 함을 직관적으로 깨닫게 된다.

그렇게 본다면 '의'는 수직적 관계로 무언가를 맹목적으로 따라가는 것이라면, '와'는 수평적 관계로 무엇과 함께 가는 것이 아닐까? 아울러 '의'는 양적 결합으로 물리적 총량의 증감과 관련이 깊다면, '와'는 질적 결합으로 화학반응을 통해 새로운 것을 만들어내는 것과 관련이 깊다고도 할 수 있지 않을까?

따라서 우리가 '의'와 '와'의 차이를 인식하고 '의'를 '와'로 바꿔나갈 때 그동안 놓치고 있던 새로운 관계와 결합 가능성이 생겨나는 것은 아닐까? 생전에 "신은 죽었다."라는 파격적인 말을 하며 이 세상에 있는 모든 것이 우상이 될 수 있음을 지적했던 니체를 떠올려봤을 때 정작 자신이 박제된 우상처럼 독자들에게 숭배되는 것을 그는 절대 바라지 않았을 것이고, 그걸 누구보다 잘 이해했던 질 들뢰즈는 '의'를 '와'로 바꾸는 시도를 통해 우상이 아닌, 친구로서 니체와 함께 걸어가며 철학의 새로운 변신을 시도한 것은 아닐까?

이런 생각을 하다 보니 한문 교사답게 '의'와 '와'의 문제를 한문 속 '의'와 '와'의 쓰임이 있는 '之(갈 지)'와 '與(더불어 여)'로 바꿔보고 싶어졌다. 한 걸음 더 나아가 '공자의 제자[孔子之弟子 : 공자지제자]'와 '공자와 제자[孔子與弟子 : 공자여제자]' 사이에는 어떤 차이와 가능성이 숨겨져 있을지 고찰해 보고 싶어졌다. 때마침 떠오른 게 『논어』 「공야장 8」이었다.

공자께서 자공에게 말씀하셨다. "너와 안회 중 누가 더 나으냐?" 자공이 대답하였다. "제가 어찌 감히 안회와 견주겠습니까. 안회는 하나를 들으면 열을 알고, 저는 하나를 들으면 둘을 압니다." 공자께서 말씀하셨다. "네가 안회만 못하니, 나는 네가 그만 못한 것을 인정한다." (『論語』 「公

冶長 8」 子謂子貢曰 女與回也, 孰愈? 對曰 賜也, 何敢望回? 回也, 聞
一以知十. 賜也, 聞一以知二. 子曰 弗如也. 吾與女弗如也.)

'하나를 들으면 열을 안다.[聞一知十 : 문일지십]'라는 성어가 나오게 된 유명한 구절이다. 여기서 내가 주목한 것은 마지막 구절의 '나는 네가 안회만 못한 것을 인정한다.[吾與女 : 오여여]'이다. 『논어집주』에는 與를 '인정하다.'라고 해석했지만, 청나라 때 간행된 『논어집석』이나 『논어고의』는 與를 '와'로 풀이하고 있다. 이럴 경우 해석이 '나와 너는 모두 안회만 못하다.'로 바뀌게 된다.

나는 이 문장 속 與에 대한 해석 차이야말로 공자께서는 함께 길을 걸어가는 與의 자세로 제자들을 대하셨는데, 제자들은 맹목적으로 길을 뒤쫓는 之의 자세로 공자를 섬겼다는 대표적인 증거라고 생각한다. 문득 예전 한문교육과 1급 정교사 연수 때 감명 깊게 들었던 공주대 권정안 교수님의 『논어』 강연이 떠오른다.

"배우고 때때로 익혀 기쁨을 느끼며 정진하는 사람을 우리는 보통 '스승'으로 삼습니다. 그리고 그에게 배우기 위해 먼 곳에서 마다하지 않고 찾아오는 이들을 '제자'라고 부르죠. 분명 공자께도 많은 이들이 제자 삼아달라고 멀리서 찾아왔을 겁니다. 그런데 공자께선 그들을 제자라 부르지 않고,

'벗'이라고 부르셨습니다. '벗이 멀리서부터 나를 만나러 오면 또한 즐겁지 아니한가?'라고 말이죠. 이를 보면 공자께서 제자들과 함께 도를 향해 나아가고자 하는 의지가 얼마나 강했는지를 짐작할 수 있습니다."

강연 내용과 앞서 내가 한 말을 종합해 보면 공자와 제자들 사이의 관계가 새롭게 다가온다. 특히 제자들이 스승을 경외의 대상으로만 여기며 '공자의 뒤'로 숨거나 피하려 할 때마다 '공자와 함께'임을 일깨워주며 용기를 북돋아 주는 면모가 선명하게 드러난다. 「옹야 10」에서 제자 염구가 스승의 길을 따르기에 역부족이라고 하소연을 하자, 공자께서 "내가 언제 너보고 내 뒤꽁무니를 졸졸 따라오라고 했니? 나와 함께 걸어간다면 네가 포기해서 멈춰 서거나 실패해서 쓰러져 죽는 걸 가만히 내버려두겠니?"라고 말씀하시는 게 생생하게 들렸다. (『論語』「雍也 10」冉求曰 非不說子之道, 力不足也. 子曰 力不足者, 中道而廢, 今女畫.)

또한 「술이 23」, 「자한 10」에서 안회를 비롯한 제자들이 스승의 우뚝한 위용에 주눅이 들고 좌절하려 하자 멀리서가 아닌, 바로 앞에서[瞻之在前 : 첨지재전], 그러다가도 돌연 뒤에서[忽焉在後 : 홀언재후] 함께 걸어가며, 공자 자신도 지치고 실패하는 과정을 똑같이 거치면서 도를 향해 나아가고 있다는 사실을 몸소 보여주어[吾無行而不與二三子者 : 오무행이불여이삼자자] 제자들이 그만두려고 해도 그만둘 수가 없어서 재주를 다하도록[欲

罷不能, 既竭吾才. : 욕파불능 기갈오재] 돕는 게 확연하게 보였다.

여기에 좀 더 사족을 붙이자면 안회가 마지막에 "비록 그것을 따르고자 하였으나 따를 수가 없도다.[雖欲從之, 末由也已. : 수욕종지 말유야이]"라고 했던 말도 주석에서 설명하는 것처럼 스승을 험준한 절벽으로 인식해서 멈춰 서며 하는 탄식이 아니라, 이제야 비로소 스승을 기점 삼아 나만의 길을 걸어가겠단 고백으로 들렸다. (『論語』「述而 23」子曰 二三子以我爲隱乎? 吾無隱乎爾. 吾無行而不與二三子者. 是丘也.) (「子罕 10」顔淵喟然歎曰 仰之彌高, 鑽之彌堅, 瞻之在前, 忽焉在後. 夫子, 循循然善誘人, 博我以文, 約我以禮. 欲罷不能, 既竭吾才, 如有所立卓爾. 雖欲從之, 末由也已.)

이렇게 말을 하고 보니 왜 저 지도교사가 아이들에게 명성이 높은지를 새삼 알 것 같다. 그저 능력이 출중하고 수업을 잘해서가 아니라, 그는 지금껏 아이들을 '와'의 자세로 대하고 있었던 게 아니었을까? 그렇기에 모두가 간과하며 넘어가는, 그러나 사실은 매우 중요한 '의'란 조사를 가지고 형진이에게 질문을 던진 게 아니었을까? 막연히 지식을 전수 받는 제자가 아니라, 훗날 함께 역사를 탐구하는 동료로 인식했기에 공부는 두루뭉술하게 해서는 안 된다는 것을, '바늘로 우물을 파듯' 해야 한다는 것을 일깨워준 건 아니었을까?

어쩌면 교사의 사명은 온통 '의'로 가득한 아이들의 삶이 '와'로 가득한 삶으로 바뀔 수 있도록 도와주고, 아이들이 '이 사회의 한 명'으로서 더해지는 것이 아니라, '이 사회와 나'로서 능동적으로 관계를 맺고 새로운 변화를 일으킬 수 있도록 용기를 불어넣어 주는 것일지도 모른다. 나는 이렇듯 '와'의 삶을 추구하는 사람들로 이루어진 공동체가 공자께서 말씀하셨던 화이부동[和而不同 : 남들과 사이좋게 어울리되, 남들과 똑같아져서는 안 된다.]이지 않을까 생각한다.

"여기저기 흩어져 쉬는 새들, 함께 풀을 뜯는 말들, 빽빽하게 모여 있는 나무

들. 저들을 몇 마리, 몇 필, 몇 그루라고 계산하는 것은 오직 인간뿐이겠죠? 저

넓은 들판에서 자기만의 영역을 구축하여 각자 살아도 전혀 이상하지 않을 것

같은데 대체 왜 다 같이 모여 있는지 의아해하는 것도 오직 인간뿐이겠죠?"

[14]

기억에 관한 아직 풀지 못한 숙제

燕巖憶先兄(연암억선형) 연암협에서 형님을 그리워하며

我兄顔髮曾誰似(아형안발증수사) 내 형님 얼굴 누구를 닮았던고
每憶先君看我兄(매억선군간아형) 아버님 그리울 때마다 내 형님 보았지.
今日思兄何處見(금일사형하처견) 오늘 형님 그리운데 어디서 볼 수 있나
自將巾袂映溪行(자장건몌영계행) 옷 차려입고 시냇가에 가야겠구나.

몇 차시에 걸쳐 진행한 한시 수업이 마무리될 무렵 한 아이가 무심코 질문을 던졌다.

"선생님은 기억에 남는 한시가 뭐예요?"

순간 당황했다. 10여 년의 교직 생활 동안 이상하리만큼 어떤 아이도 저

질문은 한 적이 없었기 때문이다. 돌이켜보면 별거 아닌 시 구절 하나를 가지고도 온통 미사여구나 개똥철학을 주절거리는 내 스타일을 아이들도 아는지라 '저 선생님은 한시라면 다 좋아하는구나.' 정도로만 생각했던 게 아닌가 싶다. 어쨌든 아이에게 질문을 받았으니 답을 해야 했다.

"수업 시간에 다뤘던 연암 박지원의 「연암협에서 형님을 그리워하며」?"

대답하면서 나도 스스로에게 "왜?"라고 물었다. 그걸 아이는 놓치지 않았다.

"왜요?"

"음, 기억이라고 하니깐?"

"예?"

"어?"

"…"

"…."

어찌 어물쩍 넘어가며 대화가 마무리되긴 했는데 교무실에 와서 생각하니 너무 어이가 없어 실소가 나왔다. 평소 예찬하며 틈만 나면 소개하는 한시가 몇 편 있음에도 아이의 질문엔 왜 저렇게밖에 대답하지 못했을까 아쉬움이 들어서였다. 게다가 고3 담임을 하고 있는 최근 2년간은 온통 입시에 관한 질문들만 받았기에 저런 순진무구한 질문이 더욱 값지게 느껴져서 그랬던 것도 같다. 그런데 다시 곱씹어보니 내가 당황했던 이유는 난생처음 받아본 질문이어서도 있지만, '기억에 남는'이라는 수식어 때문이기도 했다. 차라리 '좋아하는'이나 '오직 하나만'이라는 수식어를 붙였다면 오히려 쉽게 답을 했을 것이다. 하지만 '기억에 남는'이라는 말을 듣는 순간 진짜로 머릿속엔 '기억'이라는 단어만 남아버렸다. 그래서 기억과 관련된 나에게 아직 풀지 못한 숙제를 안겨준 박지원의 시가 반사적으로 입 밖으로 튀어나왔던 것이다.

이에 나는 이 우연한 '사고'를 하나의 필연적 '사건'으로 만들기로 했다. 아니, 웃자고 한 말에 죽자고 달려들기로 했다. 1학기 마지막 한시 수업 때 아이들에게 왜 나는 기억에 남는 시로 이 시를 꼽았는지 진솔하게 고백하기로 한 것이다. 사실 이 시를 수업할 때면 항상 어떤 부끄러움과 슬픔 그리고 죄책감을 함께 느꼈다. 그건 시에 공감하지 못해서가 아니라, 반대로 시구가 가시처럼 가슴에 박혀서였다. 애써 담담하게 아이들에게 그에 관한 이야기를 시작했다.

나는 아버지를 닮았다는 소리가 싫었다. 삶에 한이 많은 사람이 으레 그렇듯이 아버지도 내면의 한을 두꺼운 댐으로 가둬뒀다. 그러나 보통 그 댐은 유독 술에는 취약하다. 겨우겨우 가둬뒀던 댐이 술로 인해 무너지면 그 방류된 한은 매번 나를 덮쳤다. 그렇다고 때리거나 학대를 하는 수준은 아니었지만, 무뚝뚝했던 평소와는 달리 과격하고 격정적으로 변하며 어린아이가 감당하기 힘든 훈계를 쏟아내는 아버지에게 두려움과 공포를 느꼈다. 지금에야 이 또한 아버지의 사랑 표현이었음을, 막상 아버지의 빈자리를 내가 채워보니 그 무게감이 얼마나 컸는지를 뼈저리게 깨닫게 되었지만, 당시에는 그런 아버지가 원망스러울 뿐이었다.

그래서 친척들과 주변 사람들이 나를 보고 아버지를 닮았다고 하면 화가 나서 거울을 보고 울거나, 결코 나는 아버지처럼 되지 않겠다고 다짐했다. 그러다 점차 아버지도 노쇠해지고 나도 교사가 되어 타지 생활을 시작하면서 저와 같은 일도 없어지고 기억도 차츰 희미해졌다. 그럼에도 그때의 상처 자국만큼은 가슴 한쪽에 그대로 남아 있는지 오랜만에 아버지를 뵈어도 몇 마디 주고받지 않는 서먹한 사이로 지냈다.

그러던 어느 날 술에 취한 아버지는 "왜 사는지 모르겠다. 하루하루 버티는 게 너무 힘들다."라는 한탄을 누나에게 했고, 누나는 문자로 내게 그 사실을 알렸다. 그러나 나는 애써 외면했다. 예전에 내가 그렇게 기대고 싶었을 때는 한없이 매몰찼던 사람이 왜 이제 와서 자식에게 의지하려고 하느냐는 반발심이 들었던 것이다. 그로부터 한 달 뒤 아버지는 갑작스러운 사고로 돌아가셨다.

황망한 상황에서 상주인 나는 자리를 비울 수가 없어 누나가 급히 영정 사진을 구하러 집으로 갔다. 그런데 금방 올 거라던 누나는 한참이 돼서야 울면서 돌아왔다. 도무지 쓸 만한 사진이 없었던 것이다. 가장 최근에 찍은 증명사진 속 아버지는 너무 늙고 병색이 완연해서 도저히 안 되겠더란다. 그나마 나은 것이 아버지가 가장 혈기 넘쳤던 시절, 내게는 가장 무서웠던 젊은 시절 사진 한 장이었다. 별수 없이 그걸 영정 사진으로 썼다.

장례를 치르는 동안 많은 친척과 아버지의 지인들이 빈소를 찾았다. 조문이 끝나면 그분들은 한결같이 애처로운 눈으로 나를 바라봤다. 내 얼굴에서 아버지를 찾고 있는 듯했다. 그러고는 이내 눈시울을 붉히며 나를 안고 우셨다. 그렇게 다들 떠나고 장례가 끝나갈 때쯤 나는 주저앉아 아버지의 영정 사진을 물끄러미 바라봤다. 처음엔 험상궂은 얼굴로 나를 노려보는 것 같았다. 나는 고개를 처박고 울었다. 그러다 고개를 들어 바라보면 이번엔 원망하는 것 같았다. 나는 또 고개를 숙이고 죄송하다고 빌었다. 그걸 몇 번 반복하는데 문득 사진 속 아버지의 입꼬리가 살짝 올라가 있는 걸 발견했다. 그렇다. 생전에 아버지는 항상 저런 무뚝뚝한 표정에 살짝 입꼬리만 올려 웃으셨다. 저 사진은 아버지의 화난 표정이 아니라, 웃는 표정을 담은 사진이었던 것이다. 그걸 깨닫자 아까와는 다른 의미로 다시 눈물이 쏟아졌다. 나는 이때의 감정을 잊지 않기 위해 장례를 다 마치고 시를 한 편 썼다.

아버지의 미소

차마 못쓰겠다며 가져온 것이

하필이면 아버지 젊었을 적 사진.

파동 없는 검은 연못에

조약돌 하나 던진 눈망울

메마른 나뭇가지에

바람 불어 떨리는 입꼬리

자식이라야 알 수 있는 아버지의 미소.

절하고 바라보면 서운해하다

울면서 다시 보니 괜찮다 한다.

고모는 그걸 보며 화났다 하고

엄마는 자기를 원망한다 하네.

살아계실 적엔 무표정에 말도 없더니

왜 이제야 속마음 다 보이며

떠나시려는가.

지금껏 못다 한 말 다 하시라고

고인 눈물 닦아내며 바라다보니

모나리자 웃음, 염화미소가

내 눈에도 비로소 이해가 된다.

그래서 나는 이 시가 버거웠다. 아버지와 닮은 것을 인정하기 싫었던 나 자신이 부끄러웠고, 내 얼굴에서 아버지를 찾으려고 애쓰는 사람들이 떠올라 슬펐으며, 돌아가신 뒤에야 비로소 아버지의 얼굴을 제대로 바라봤다는 사실이 송구스러웠다.

하지만 이야기는 아직 끝나지 않았다. 5년이란 시간이 흘러 내게는 또 하나의 큰일이 일어났다. 이번엔 자형(姊兄)이 돌아가신 것이다. 천성이 순박

하고 자상했던 자형은 틈날 때마다 내게 하소연하셨다. 자신들이 계획했던 것보다 한 주만 일찍 장인어른을 찾아뵈어 교제 사실을 밝히고 결혼 승낙을 받았다면 저렇게 허망하게 돌아가시진 않으셨을 거라며 모든 게 다 자기 책임이라는 것이었다. 실제로 자형은 아버지의 장례 기간 내내 빈소에는 차마 들어오지 못하고 3일 동안 주변에 머물며 온갖 허드렛일을 도맡아하셨다.

그런 누나와 자형 사이에는 이른둥이 딸이 있었다. 한 차례 유산 끝에 어렵게 얻은 자식인 만큼 누나와 자형의 사랑은 각별했다. 그런데 조카가 이른둥이로 태어난 데다 소화 기능이 약해 먹는 것을 극도로 꺼렸다. 그러다 보니 누나는 조카에게 문제라도 생길까 봐 밥 한 숟가락이라도 더 먹이려고 안간힘을 썼다. 하지만 조카는 아랑곳하지 않고 경기를 일으킬 정도로 울었다. 그렇게 누나와 조카가 서로 옥신각신하다 지쳐 잠들면 자정이 넘어 퇴근한 자형이 까치발로 들어와 어지럽혀진 집을 청소하고, 밥을 짓고, 밀린 빨래를 했다. 그러고는 혹여 두 사람이 깰까 봐 작은 방에 들어가 몇 시간 새우잠을 자고 다시 출근했다.

자형은 이 생활을 2년 가까이 하면서도 힘든 내색 한 번 하지 않았다. 오히려 항상 누나와 조카만 고생시키는 것 같다며 미안해하셨다. 그러다 갑자기 시작된 기침과 가슴 통증이 한 달이 지나도 그치지 않아 병원에 갔는데 청천벽력 같은 진단을 받았다. 급성 백혈병이었다. 시간을 지체할 수 없어 자형은 조카를 제대로 안아보지도 못한 채 바로 병원에 입원했다. 그리고 항암을 시작하기 직전 나에게 '누나와 아기를 위해 꼭 나을 거니깐. 너무 걱정하지 말고 누나랑 아기 잘 부탁해.'라는 문자를 보냈다. 그게 마지막이었다. 자형은 항암제 투여 1주일 만에 허무하게 우리 곁을 떠났다. 조카의 두 돌 생일을 앞두고 벌어진 일이었다. 장례식장에서 산송장처럼 넋이 나간 누나가 칭얼거리는 조카를 안고 위태롭게 서 있던 모습이 지금도 잊히지 않는다.

그로부터 다시 5년이 지난 최근의 일이다. 7살이 되어 이젠 감정 표현도 야무지게 하고 씩씩하게 자란 조카와 함께 밥을 먹는데 어머니께서 대뜸 조카를 보며 "눈과 코가 자기 아빠랑 똑같이 생겼네."라고 말씀하셨다. 그 말을 듣고 나도 웃으며 맞장구를 쳤는데 조카 표정이 심상치 않았다. 누나는 어머니와 나에게 눈을 찡그리며 그만하라는 눈치를 주었다. 나중에 들어보니 얼마 전에 시댁 식구들과 밥을 먹을 때도 이와 비슷한 일이 있었다는 것이다. 가끔은 조카가 혼자 조용히 방에서 자형의 사진을 보고 있기도 하다고 했다.

나는 그 말을 듣고 아차 싶었다. 생각해 보면 보통 우리가 어떤 공동체 안에서 기억을 공유한다는 것은 유대를 확인하는 증거가 된다. 그러나 아버지에 대한 기억이 없는 조카에게는 그것이 유대의 증거가 아닌, 소외의 낙인이 될 수도 있음을 간과한 것이다. 어른들이 둘러싸서 눈과 코를 가리키며 아버지를 회상하는데, 정작 딸인 자기는 아무리 거울을 들여다봐도 무엇이 닮았다는 것인지 모르겠을 때, 그때 느끼는 서글픔이 얼마나 크겠는가. 그렇게 본다면 연암이 연못에 비친 자신의 얼굴에서 형과 아버지의 얼굴을 떠올리며 옛 추억에 잠길 수 있었던 것도, 내가 뒤늦게나마 아버지의 무뚝뚝한 얼굴 속에서 웃음을 발견할 수 있었던 것도 다 생전에 기억이 있었기 때문에 가능한 일이었다.

예전에 읽었던 기사가 떠올랐다. 치매에 걸린 백발의 할머니가 이미 70년 전에 돌아가신 자신의 어머니 임종 소식을 듣고 오열했다는 내용이었다. 기자는 치매라는 질병이 좋았던 기억뿐만 아니라, 슬펐던 기억마저 앗아가는 무서운 병이라고 이야기했지만, 다르게 본다면 이것 역시 생전에 어머니와의 값진 기억이 강하게 남아 있기에 일어날 수 있는 감정이 아니겠는가? 그런데 자형에 대한 기억이 없는 우리 조카는….

가끔 이런 상상을 한다. 만약 조카가 내게 "삼촌, 아빠는 정말 저를 사랑했어요?"라고 묻는다면 뭐라고 대답해야 할지 말이다.—실제로 조카는 누나가 잠시 외출했을 때 어머니에게 자형에 관한 질문을 한다고 한다. 그 어린 조카도 자형 이야기를 하면 누나가 마음 아파한다는 것을 알고 누나가 없을 때 몰래 어머니에게 물어보는 것이다.— 나는 자형이 자신의 삶 전부를 걸 만큼 조카를 사랑했다는 사실을, 어쩌면 그런 헌신적인 사랑 때문에 건강을 돌볼 겨를이 없었음에도 절대 후회하지 않고 마지막까지 조카 걱정만 했다는 사실을 선명하게 기억하고 있다. 하지만 이걸 어떻게 조카에게 오롯이 전달할 수 있을까? 있는 그대로 이야기하자니 조카가 슬퍼할까 두렵고, 가볍게 에둘러 이야기하자니 조카가 서운해할까 걱정된다. 그렇다고 생전에 자형이 조카와 함께 찍은 사진을 들이밀며 이게 사랑의 증거가 아니면 뭐냐고 말해주고 싶지도 않다. 내가 가진 기억, 조카가 자형에게 사랑받았다는 증거를 어떻게 말하면 좋을까? 이것이 내가 이 시에서 얻은 기억에 관해 아직 풀지 못한 숙제이다.

다행히도 아이들은 나의 사적인 이야기를 귀 기울여 들어주었다. 심지어 처음 내게 질문을 했던 아이는 미안해하기까지 했다. 그러면서도 절대로 조카에게는 그 기억을 들려주지 말라고 신신당부했다. 나는 그 아이에게 물론 당장은 조카에게 들려줄 생각이 없다고, 그렇지만 언젠가 내가 본 그대로 한 치의 거짓도 없이 조카에게 전해주는 것이 기억을 간직하고 있는 삼촌으로서의 책무인 것 같다고 답해주었다. 그러자 옆에 있던 아이가 그럼 언제쯤 이야기를 해줄 생각이냐고 물었다. 나는 잠시 고민하다 어렵게 답했다.

"조카가 선생님과 「연암협에서 형님을 그리워하며」를 같이 읽고 이야기를 나눌 수 있을 때쯤이 아닐까?"

사족 1. 뒤늦은 후회. 왜 나는 어렸을 때 한 번도 어머니께 "아버지는 저를 사랑하나요?"라고 묻지 않았을까?

사족 2. 부전자전. "둘 다 성격이 똑같아서 그렇지! 네 아빠 너 군대에 있을 때 술만 취하면 동네 친구 운전기사 삼아서 너 보겠다고 밤 열두 시에 연천 가고 그랬어. 그래봤자 부대 멀리서 담배 한 대 피우고 돌아오는 게 전부였지만…."

"세상에는 참 많은 교과서가 있는데, 왜 가족이 되는 방법에 관한 교과서는 없는 걸까요. 저도 큰아들로 살아보고, 남편도 되어보고, 어쩌다 보니 아버지까지 되어버렸는데, 돌이켜보니 세 개의 역할 중에서 아직은 이렇다 할 자신 있는 역할이 하나도 없네요. 살고 싶은 만큼 오래 살게 되더라도, 저에게는 평생의 숙제가 될 것 같아요.

결혼 전 자취 생활을 할 때 저희 어머니는 아들이 밥도 제대로 챙겨 먹지 못하고 살고 있을까 봐 매번 음식을 한 보따리씩 싸서 보내려고 하셨어요. 그때마다 철없는 아들은 어머니가 고생하시는 게 싫어서, 제때 먹지 못한 음식이 냉장고에서 쉬어버리는 게 아까워서 한사코 거절만 했네요.

바보같이 얼마 전에야 깨달았어요. 그건 제가 아들을 위해 부모 노릇 할 수 있는 얼마 되지 않는 소중한 기회를 어머니에게서 빼앗았던 것이란 걸. 그런데도 여전히 반찬 필요하지 않냐는 어머니의 말에 굳이 그럴 필요 없다고 말하는 저 자신을 보며 참 인생이 어렵다고 느껴요. 선생님께서도 항상 어머니와 누나, 조카를 아끼고 걱정하지만 정작 표현은 못 하시잖아요. 우리 서로 힘내봐요."

[15]

성인(聖人)이 성인인 이유

 2016년 11월 모 대학교에서 문화재 환수 디베이트 대회가 열렸을 때의
일이다. 비록 지도교사는 아니었지만, 우리 반 지우가 학교 대표로 참가한
다고도 하고, 굳이 '토론(討論)'이라는 익숙한 단어 대신 '디베이트(debate)'
라는 생소한 말을 쓰는 이유도 궁금하여 겸사겸사 대회장으로 향했다. 막
상 현장에 도착해 보니 규모가 생각보다 컸다. 초등학생부터 대학생까지
대략 85개 팀, 250여 명이 상대 팀의 논리적 허점을 지적하며 치열하게 공
방을 벌이고 있었다. 그중에서도 인상적이었던 건 초등학생 부문이었다.
내 어린 시절과 견주어 볼 때 '문화재 환수'라는 주제도 주제거니와 상대방
의 날 선 비판과 방청객들의 주의집중을 받으면 당황하고 말문이 막혀 금
세 울음이라도 터트릴 것 같은데, 단상 위 테이블에 앉아 있는 아이들은 전
혀 긴장한 기색 없이 상대방의 말을 메모하고 사이사이 귓속말로 대응 전
략을 상의하며 토론하고 있었기 때문이다.
 이런 아이들의 모습에 연신 감탄사를 내뱉는 내가 촌스럽게 느껴졌는지

옆에 있던 지우가 넌지시 알려주었다. 미리 주제에 맞춰 입론 · 반론 · 최종 변론에 대한 시나리오를 모두 준비했을 것이고, 진행순서와 연설 방법 등도 훈련받은 아이들이라는 것이었다. 아무리 그렇더라도 어린 나이에 논리적이고 세련되게 말할 수 있다는 게 대단하단 생각이 들었다.

오전부터 시작한 대회는 저녁 무렵이 되어서야 겨우 끝이 보였다. 마지막으로 심사위원들이 순위를 정하는 사이 사회자는 참가자와 방청객을 위해 퀴즈를 맞히면 상품을 주는 이벤트를 진행했다. 이전까지 다들 엄숙한 분위기에 눌려 숨죽이고 있었던 터라 반응은 폭발적이었다. 특히 언니 오빠를 응원하러 가자는 엄마의 말에 영문도 모른 채 따라온 아이들은 정답도 모르면서 손을 들고 "저요, 저요!"를 외쳤다. 어차피 이벤트의 목적이 시상식 전 분위기를 최대한 띄우는 것이었으므로 사회자 역시 아이들의 재기발랄한 오답을 바라는 눈치였다. 마침 초등학교 저학년으로 보이는 아이 하나가 온갖 오두방정을 떨며 기회를 달라 아우성쳤기에 사회자는 마지못하다는 척 마이크를 넘겨주었다. 그러자 마이크를 잡은 아이는 1초의 망설임도 없이 큰 소리로 외쳤다.

"대통령은 물러나라!"

아이의 민감한 발언에 모두가 잠시 멈칫했지만 이내 여기저기서 박장대소가 터져 나왔다. 한창 국정농단 사건으로 전국이 떠들썩했고 탄핵과 퇴진 운동이 본격화되는 시점이었다. 따라서 이런 돌출발언에도 나서서 나무라거나 불편한 마음을 표출하는 사람은 없었고, 그저 철없는 장난 정도로만 여겼다. 사회자도 급히 화제를 돌리기는 했지만, 아이의 발언을 문제라고 생각하지는 않는 듯했다. 그런데 지우는 저 아이의 발언이 내심 귀에 거슬렸나 보다.

"쟤는 어린 게 뭘 안다고 저래?"

이 말에 슬며시 지우를 돌아봤더니 사뭇 진지한 표정으로 돌출발언을 한 아이를 쳐다보고 있었다. 나는 넌지시 물었다.

"저 아이가 한 말이 기분 나쁘니?"

"예? 기분이 나쁜 건 아니고요. 알지도 못하면서 저렇게 말하는 게 좀 그렇잖아요."

"그렇지? 진짜 뭘 안다고 저런 말을 했을까?"

"저 때는 다 그렇잖아요. 사람들한테 관심받고 싶어서."

"쟤는 저런 말을 어떻게 알았을까?"

"뭐 어디서 주워들었겠죠. 그래도 의미는 알고 말해야 하는 거 아니에요?"

"그렇지…."

그렇게 지우와 대화를 나누고 있는데 불현듯 이런 생각이 스쳤다.

'어쩌면 저 아이의 외침 속에도 세상을 바꿀 힘이 있지 않을까?'

나름 재미있는 주제인 것 같아 나중에 고민해 볼 요량으로 급히 메모지에 적어뒀다. 그러나 적어놓은 메모를 한동안 펴보지 못했다. 그날로부터 몇 개월 사이 저런 자질구레한 메모와는 비교도 안 되는, 기억에 새기고 마음에 녹여야 할 일들이 우리 사회에 넘쳐났기 때문이다.

그렇게 한참을 잊고 지내다 올여름 방학, 39도를 웃도는 불볕더위를 피해 카페에 자리를 잡고 앉아 수업 준비라도 할 겸 오랜만에 『맹자』를 펼쳤는데 우연히 눈에 들어온 게 「이루 상 8」이었다. 처음 『맹자』를 접했을 때부터 감명 깊게 읽었던 글이라 반가운 마음이 들었다.

"어린아이가 노래하기를 '창랑의 물이 맑거든 나의 소중한 갓끈을 빨 것이요, 창랑의 물이 흐리거든 나의 더러운 발을 씻겠다.' 하였다. 공자께서 말씀하시기를 '제자들아, 저 노래를 들어보라. 물이 맑으면 갓끈을 빨고 물이 흐리면 발을 씻는 것이니, 이는 물이 스스로 취한 것이다.' 하셨다. 사람은 반드시 스스로 업신여긴 뒤에 남이 그를 업신여기며, 집안은 반드시 스스로 훼손한 뒤에 남이 그를 훼손하며, 나라는 반드시 스스로 공격한 뒤에 남이 그를 공격하는 것이다.

「태갑」에 이르기를 '하늘이 지은 재앙은 오히려 피할 수 있거니와 스스로 지은 재앙은 피하여 살 수가 없다.' 하였으니, 공자께선 이것을 말씀하신 것이다."(『孟子』「離婁 上 8」 有孺子歌曰 滄浪之水淸兮, 可以濯我纓, 滄浪之水濁兮, 可以濯我足. 孔子曰 小子聽之. 淸斯濯纓, 濁斯濯足矣, 自取之也. 夫人必自侮然後, 人侮之, 家必自毀而後, 人毀之, 國必自伐而後, 人伐之. 太甲曰 天作孽, 猶可違, 自作孽, 不可活, 此之謂也.)

그런데 '제자들아, 저 노래를 들어보라.'라는 구절을 읽다 순간 멈칫하게 되었다. 잊고 있었던 메모가 생각남과 동시에 그동안 놓치고 있던 것이 보였기 때문이다. 예전에 이 글을 읽었을 땐 '스스로 취하다.[自取 : 자취]', 「창랑가」 구절, 「태갑」 내용 같은 중심 텍스트만 중요하다 여겼는데, 성현들이 어떤 삶의 방식과 배움의 태도를 지향했는지를 상상하며 곱씹어 읽으니 '어린아이가 노래하기를', '제자들아, 저 노래를 들어보라.', '공자께선 이것을 말한 것이다.'라는 구절도 중요한 의미를 담고 있단 생각이 든 것이다. 이 글의 상황을 그려보면 다음과 같지 않을까?

여느 때처럼 공자께서 제자들과 함께 길을 걷고 있는데 한 무리의 아이들이 어떤 노래를 흥얼거리며 뛰놀고 있다. 이 아이들뿐만 아니라, 누구나 한번은 들어봤던 노래라 제자 중 몇몇은 덩달아 흥얼거리기까지 한다. "창랑의 물이 맑으면~ 내 갓을 씻고~ 창랑의 물이 탁하면~ 내 발을 씻네." 그런데 공자께선 모두가 대수롭지 않게 생각하는 저 노래를 들으시곤 잠시 발걸음을 멈추신다. 그렇게 몇 분이 흘렀을까. 공자께서 제자들을 돌아보며 말씀하신다.

"저 아이들의 천진난만한 노랫소리를 듣고 있으면 뭔가 떠오르는 게 없니?"

제자들은 그제야 지금껏 생각 없이 흥얼거렸던 노랫말을 곱씹어보기 시작한다. 하지만 아이들이 부르는 노래 속에 무슨 느낄만한 게 있겠는가? 제자들은 고개를 갸우뚱한다. 그러자 공자께서 한 말씀 더 하신다.

"저 노래 속에 삶의 이치가 고스란히 담겨 있단다. 어리다고, 잘 모른다고, 유치하다고 무시하는 저 아이들이야말로 시대가 목구멍으로 삼키는 말들을 여과 없이 있는 그대로 내뱉는 존재임을 명심하렴."

시대가 바뀌어 이번엔 맹자가 다시 저 아이들의 노래와 공자의 말씀에 귀를 기울인다. 그리고 거기에서 한 걸음 더 나아가 유교 경전 중 하나인 『서경』 내용까지 인용하며 제자들에게 하학상달[下學上達 : 쉬운 지식을 배워 어려운 이치를 깨닫는다.]의 전형을 보여준다.

억지로 끼워 맞춘 상상이지만 나는 앞서 언급한 세 구절을 곱씹어보면서 노래의 의미가 뭔지 모르면서도 즐겁게 흥얼거리는 아이들과 이 아이들의 목소리를 외면하지 않고 귀 기울였던 공자 그리고 그런 공자의 말을 다양한 문헌 및 사례와 결부시켜 깊이 있게 탐구했던 맹자가 있었기에 시대를 꿰뚫는 통찰이 2천 년이 지난 지금에까지 전해질 수 있었음을 깨닫게 되었다.

정말이지 아이들은 순진무구하다. 관습, 통념, 도덕, 진리, 선악, 법 등 당대를 규정짓는 것들에 얽매이지 않는 자유로운 영혼들이다. 따라서 사회 안에 응축된 분노와 울분, 슬픔과 한(恨)을 양분 삼아 만들어진 이야기와 노래, 심지어 욕설까지도 아이들 귀에 들어가면 재미있는 놀잇감이 된다. 그리고 그 과정에서 분노와 울분, 슬픔과 한의 정서 중 일부는 그래도 남아 있고, 일부는 유쾌하게 변조되어 빠르게 이곳저곳으로 퍼져나간다. 그러기에 나는 아이들의 목소리가 시대의 메아리이자 확성기라고 생각한다. 문득 어린 시절 마을 공터에서 고무줄놀이를 할 때 불렀던 노래가 귓가에 맴돈다.

"전우의 시체를 넘고 넘어 앞으로 앞으로, 낙동강아 잘 있거라. 우리는 전진한다."

어른이 된 지금은 〈전우야 잘자라〉라는 이 노래의 가사만 들어도 6.25 전쟁의 고통과 슬픔을 비장하게 읊었음을 단번에 알아챈다. 하지만 어렸을 적엔 가사의 의미 따윈 관심이 없었던 것 같다. 그저 누군가 고무줄놀이를 할 때 이 노래를 불렀기에 따라 불렀을 뿐이다. 이뿐만 아니라 〈바위처럼〉이나 〈아침이슬〉, 〈사람이 꽃보다 아름다워〉도 민중가요인 줄 모르고 그저 멜로디가 좋아서 흥얼거렸던 기억이 난다. 그런데 의아한 건 아무리 우리가 전우의 시체를 넘고 넘자고 노래해도, 마침내 올 해방 세상 주춧돌이 되자고 해도, 저 거친 광야로 가자고 외쳐도 어른들 누구 하나 우리를 혼내거나 뜯어말린 사람이 없었다는 점이다. 저들에겐 아이들의 노래가 들리지 않았던 것일까? 아니면 현실이 너무 힘들어 아이들의 노래 따윈 들을 겨를이 없었던 것일까? 그것도 아니면 목이 쉬도록 노래한들 어차피 세상은 바뀌지 않는다고 냉소하였던 것일까?

아마 이런 이유로 옛사람들은 공자를 '성인(聖人)'이라고 칭했나 보다. 그는 자신이 속한 사회의 문제가 쉽게 해결될 수 없는 것임을 누구보다 잘 알고 있었다. 그럼에도 현실을 외면하거나 냉소하지 않았다. 오히려 아이들의 노래나 항간의 목소리 같은 모두가 사소하다고 여기는 것들에도 귀를 기울이며 해결의 실마리를 찾고자 했다. 따라서 공자를 '만물과 영혼의 소리를 듣는 귀한 사람'이란 뜻을 가진 성인으로 일컫지 않는다면 도대체 무엇으로 형용할 수 있겠는가?

그러고 보면 4대 성인들은 모두 전해지는 일화는 조금씩 다르나 사회로부터 외면받는 이들, 그러나 사회를 변화시킬 새로운 가능성을 품고 있는 이들의 목소리를 잘 들어주며 함께 아파하고 답을 모색했던 존재들이었다. 길 위에서 젊은이들에게 끊임없이 질문을 던졌던 소크라테스도, 괄시의 대상이던 한센병 환자도 차별 없이 어루만져주었던 예수도, 카스트 제도를 부정하고 누구나 다 수행만 하면 부처가 될 수 있다고 한 석가모니도.

지금 우리가 살고 있는 시대는 저 4대 성인들이 살았던 때와는 비교가 안 될 정도로 사회의 목소리를 듣기 좋은 시대다. 각종 언론매체, 인터넷, 소셜 네트워크를 통해 시간과 장소를 막론하고 언제 어디서나 들을 수 있기 때문이다. 분명 지금, 이 순간에도 우리의 귓가엔 아이들, 노인들, 여성들, 장애인들, 난민들, 아울러 동물들의 목소리가 쉼 없이 울리고 있다. 그럼에도 왜 아직 새로운 성인이 나타났단 소식은 들리지 않을까? 어쩌면 지금이야말로 성인의 반열에 오를 수 있는 절호의 기회인데 말이다.

나부터 고백하자면 언제부턴가 아이들의 이야기를 들어주는 것이 불편하여 외면하고 있었다. 아이들이 고민 끝에 건넨 말들이 너무나도 아프게 다가왔기 때문이다.

"대학에 꼭 가야 하나요?"

"자퇴하고 싶어요. 집에 갔다 학교에 오는 날이면 숨이 콱 막혀요."

"선생님께서 아무리 격려해 주셔도 저 스스로가 너무 한심하단 생각이 들어요."

"아는 것은 좋아하는 것만 못하다면서요? 그런데 왜 좋아하는 일을 못하게 해요?"

아이들의 저 말들은 그저 공부하기 싫어 내뱉는 핑계가 아님을 알기에 아팠고, 우리 교육의 현주소를 그대로 담고 있기에 아팠고, 나 자신도 답을 몰라 애써 모른 체하고 있었던 질문들이기에 아팠다.

아, 성인들은 아픔을 알기에 다가가서 들어주고, 나는 아픔을 알기에 물러나서 외면하고…. 정말이지 성인의 길은 누구에게나 열려있지만, 아무나 걸을 수는 없구나!

"월정교를 처음 SNS에서 접했을 때 언젠가는 꼭 사진 찍으러 가겠다고 다짐했어요. 근데 막상 가서 사진을 찍으며 알게 된 사실인데, 월정교를 복원하는 과정에서 고증에 관한 논란이 있었더라고요. 전쟁통에 남아 있는 건 사진의 돌기둥에 해당하는 정말 작은 석축뿐이었는데, 그 위에 관광지 조성을 위해 상상력만으로 월정교를 세운 것이라고 하더라고요.

눈으로 보기엔 너무 아름답고 정교했기 때문에 그만큼 실망도 컸습니다. 실제 신라 시대의 자취가 아니라, 그저 평범한 현대판 건축물에 가까웠으니까요. 그런데 이런 논란과는 무관하게 사진처럼 아이들은 천진난만하게 잘만 뛰어놀더라고요. 아이들은 메아리가 되어주기도 하지만, 때로는 귀마개가 되어주기도 하는 것 같아요. 언제까지 듣고만 있을 거냐고, 빨리 나가서 놀자고."

[16]

서(恕)라는 선물

교직 생활을 하다 보면 아이들에게 말빚을 많이 지었다는 걸 실감하는 때가 있다. (지금은 사라진) 대입 자기소개서 작성 기간이다. 달그락달그락 소리만 요란한 빈 수레처럼 잘 알지도 못하는 분야의 지식까지 무작정 끌어다가 한문 수업과 연관시켰던 탓일까? 고3 아이들은 자신의 담임교사와 자기소개서 상담을 하다 영혼까지 탈탈 털리고는 지푸라기라도 잡고 싶은 심정으로 나를 찾아오곤 했다.

잔뜩 풀이 죽은 목소리로 조언과 첨삭을 부탁하는 모습을 보자니 안쓰러운 마음이 들어 웬만하면 받아주는 편인데, 하루는 좀 특별한 아이가 찾아왔다. 한문 수업과 윤리와 사상 수업 때 공자의 '恕(용서할 서)'에 대해 배웠던 것을 바탕으로 자기소개서 1번인 '학업에 기울인 노력'을 썼는데 이상한 점이 없는지 봐달라는 부탁을 하러 온 것이다. 대부분의 학생들이 한문 교과와는 관련 없는 내용을 가지고 찾아오는 데 반해, 『논어』 원문과 해석까지 찾아가며 글을 썼다는 아이가 대견스럽기도 하고 어떤 글일지 궁금하기도 하여 설레는 마음으로 읽기 시작했다. 그러나 얼마 안 가 그 설렘은 당혹스러움으로 바뀌었다.

아이는 시종일관 공자의 恕를 비판적으로 서술하고 있었다. 특히 '恕는 고착된 사고와 기준을 가지고 상대방의 행위를 재단하거나 왜곡할 우려가 있는 불완전한 사상이다.'라고까지 주장했다. 그 글이 당혹스러웠던 이유는 아이의 주장이 내가 수업 때 입이 닳도록 강조했던 恕의 가치를 부정했기 때문은 아니었다. 그렇다고 그의 주장이 터무니없어서도 아니었다. 뭐라고 그 순간 딱 꼽을 순 없었지만, 글 속에 회의감이 짙게 배어 있단 느낌이 들어서였다. 그런데 이건 시작에 불과했다. 다음날엔 심리학과를 지원하는 아이가, 그다음 날엔 사회학과를 지원하는 아이가 恕에 대한 비슷한 문제의식을 느끼고 나를 찾아왔다. 하나같이 진지한 표정으로. 나는 이것이 단순한 우연은 아닌 것 같아 그 아이들을 각각 불러 그런 문제의식을 느끼게 된 계기를 물었다. 그랬더니 모두가 교내에서 큰 논쟁거리가 되었던 '승강기 사건'을 거론하였다.

본교는 4층 건물로 한 대의 승강기만 운영하며 기본적으로 몸이 불편한 사람들만 이용할 수 있다는 암묵적인 규칙이 있었다. 그런데 4층에서 생활하는 고3 학생들이 계단 오르내리기를 버거워하며 몰래 눈치를 봐서 승강기를 타기 시작했다. 그러자 3층에서 생활하는 고2 학생들도 슬슬 승강기를 탔는데, 이를 목격한 고3 학생들이 몇 차례 눈치를 준 모양이었다. 이에 고2 학생들이 인터넷 공론장을 통해 이 일을 문제 삼았고, 갑론을박이 오가던 중 한 학생이 익명으로 '원래 몸이 불편한 사람들만 타는 거라면서 멀쩡한 선생님은 왜 타나요?'라는 글을 올린 것이다. 이것이 화근이 되어 승강기 사용 문제는 선후배 간의 갈등을 넘어 교사와 학생 간의 갈등으로까지 번지게 되었다.

처음엔 사소한 시비에서 시작된 것이 학교 전체의 감정 대립으로까지 비화할 조짐이 보이자 평소 합리적인 의사 결정에 관심이 많았던 몇몇 2학년 학생들이 야심 차게 19세기 말 만민공동회를 본뜬 '한민공동회'란 이름의 대토론회를 개최하여 이 문제를 이성적으로 풀어보려 했다. 이 학생들은 공론장에 함께 모여 허심탄회하게 이야기를 주고받으면 그동안 쌓인 오해도 풀리고 좋은 대안도 나올 거란 기대감에 한껏 부풀어 있었다. 그런데 현실은 상상했던 것과 전혀 다른 양상으로 전개되었다. 어떤 구체적인 의견이 오가기도 전에 "왜 예민한 문제를 들춰내나?", "너희는 어떤 대표성을 갖고 공론장을 여나?"라는 비난들이 먼저 터져 나온 것이다. 이로 인해 이 활동을 직접 기획한 학생들뿐만 아니라, 이 활동이 학생이 주체가 되는 건강한 공동체 문화를 만드는 데 이바지할 것으로 판단했던 학생들까지도 크게 실망했다. 그중에 나를 찾아온 아이들도 포함되어 있던 것이다.

사건의 전말을 알게 되자 자기소개서 상담이 중요한 게 아니었다. '한민 공동회'가 수업 때 배운 恕의 사례로써 서로를 이해하고 보듬는 화합의 장이 될 것으로 생각했는데, 그것이 도리어 惡(미워할 오)의 증거로써 불만을 성토하고 비꼬는 분열의 장이 되는 것을 보면서, 恕가 현실에 적용되지 않는 이상적인 주장이자 그저 한 시대의 불완전한 도덕 개념일 뿐이라고 굳게 믿게 된 아이들의 회의와 냉소를 어떻게 해소해 줄지가 더 중요한 과제였다.

그러나 고민한다고 방법이 떠오르진 않았다. 인제 와서 전공 서적을 들이밀며 아이들의 주장을 학술적으로 논파하는 것도 좋은 방법은 아닌 것 같고, 그렇다고 무작정 내면에 자리 잡은 회의감을 마주하게 하는 것도 답은 아니란 생각이 들었다. 별수 없어 『논어』를 꺼내 恕에 대해 다룬 원문과 주석을 반복해서 읽었다. 그러면서 혹시 내가 恕를 수업할 때 놓치고 있던 부분은 없었는지도 되돌아보았다. 그러던 와중에 「이인 15」을 읽다가 문득 몇 가지 의문이 생겼다.

공자께서 말씀하시길 "증삼아! 우리의 도는 한 가지 이치로 만 가지 일을 꿰뚫고 있다."라고 하시니, 증자께서 "예."라고 대답하였다. 공자께서 나가시자, 문인들이 "무슨 뜻입니까?"라고 물었더니, 증자께서 "선생님(공자)의 도는 충성(忠)과 용서(恕)일 뿐이다."라고 대답하였다. (『論語』

「里仁 15」子曰 參乎! 吾道一以貫之. 曾子曰 唯. 子出. 門人問曰 何謂

也? 曾子曰 夫子之道, 忠恕而已矣.)

  왜 공자께선 수많은 제자 중에 하필 증자를 지목해 "나의 도는 하나로 관

통되어 있다.[吾道一以貫之. : 오도일이관지]"라는 가르침을 주셨는지, 왜

그 자리에 있던 다른 제자들은 공자의 가르침을 제대로 이해하지 못한 건

지, 왜 증자는 "오직 충성과 용서일 따름이다.[忠恕而已矣. : 충서이이의]"

로 대답할 수밖에 없었는지에 관한 것이었다. 결론부터 말하자면 둔하고

어리석지만 우직하게 나아갔던 증자의 삶의 태도가 그를 삶을 참조하는

앎, 실천을 통해 증명하는 앎의 길로 자연스레 이끌었기 때문이었다.

  스승께서 던져주는 돌이라면 당장 그 가치와 용도를 이해하진 못하더라

도, 반드시 보배가 되리라 믿고 고달픈 인고의 과정을 견디며 갈고닦았던

증자. 제자가 갈고닦고 광내며 자신이 던져준 돌들을 다듬어가는 모습을 보

자 그 보배들을 하나로 꿰어낼 수 있도록 실마리를 제공해 준 공자. 자기들

도 똑같은 돌을 받았다는 사실을 까맣게 잊어버린 채 증자에게 다가가 도대

체 스승께선 무얼 가지고 어떻게 꿰어란 것이냐며 당황해하는 문인들.

  결국 증자와 문인들이 나뉘게 되는 분기점은 어떤 돌을 받았는가도, 그

돌의 가치를 알아보는가도, 그 돌을 다듬을 도구가 있는가도, 그 돌을 어떻

게 꿰어내는가도 아니었다. 그저 단 하나, 자신의 돌을 방치하지 않고 묵묵

히 갈고 있느냐 뿐이었다. 그러니 문인들의 질문에 증자는 그동안 직접 갈고닦은 돌을 보여줄 수밖에 다른 방도가 없었던 것이다. 좀 더 정확하게 말하면 돌이 아니라, 돌을 갈고닦는 모습 그 자체를 보여주었을 것이다. 단순히 앎을 참조해서는 깨달을 수 없는, 삶을 참조해야만 깨달을 수 있는 진리는 말만으론 오롯이 전달할 수 없으니깐.

그렇다면 이에 걸맞게 우리도 증자가 말한 "오직 충성과 용서일 뿐이다."를 정확히 이해하기 위해선 그의 말을 내 삶에 비춰 온몸으로 떠올리고 느끼려는 노력이 필요하다. '선풍기'라는 글자를 보면 부채 모양의 날개가 달린 기계가 아니라, 시원함이 먼저 떠오르는 것처럼, '어머니'라는 말을 들으면 중년의 여성이 아니라 애틋함과 먹먹함이 먼저 떠오르는 것처럼, 恕라는 말을 들으면 교과서와 참고서에 실린 설명이 아니라 이것이 나와 어떻게 관계를 맺고 있는지, 내 삶에서 어떻게 실천되고 있는지, 실천되는 과정에서 나에게 어떤 깨달음을 주는지를 온몸으로 떠올릴 수 있어야 한다는 말이다.

그런데 나의 수업은 어떤가? '공자의 핵심적인 가르침', '仁(어질 인)의 구체적인 실천 원리', '자기가 바라지 않는 일을 남에게 시키지 말라.[己所不欲, 勿施於人. : 기소불욕 물시어인]' 이 세 문구를 가지고 恕를 설명했다. 그리고 대수롭지 않게 "진정한 나눔과 배려가 이뤄지려면 恕를 실천해야 해!"라고 동어반복 했다.

증자만 하더라도 "신체는 부모에게 받았으니, 감히 함부로 훼손할 수 없다.[身體髮膚, 受之父母, 不敢毀傷. : 신체발부 수지부모 불감훼상]"라는 가르침을 지키기 위해 사는 내내 전전긍긍하다가 죽는 순간에야 비로소 상처 하나 없는 손과 발을 제자들에게 보여주며 "드디어 이 몸을 훼손할까 하는 근심에서 벗어났다.[而今而後, 吾知免夫. : 이금이후 오지면부]"라고 안도할 정도였다. 이렇듯 어떤 덕목 하나를 실천하는 것이 평생에 걸친 매우 어렵고 고단한 일임에도, 나는 문장 몇 줄 해석해 주고 마치 숨은 비법이라도 알려준 양 무정하게 몇 마디 건네며 아이들의 실천을 강요했던 것이다.

그러다 보니 아이들은 恕를 실천하기 위해선 어떤 노력과 각오가 필요한지, 얼마나 고되고 힘든 일인지, 언제까지 반복해야 하는지, 그런데도 왜 恕여야 하는지 깊게 생각해 보지 못하고, 마치 恕가 한 번 먹으면 모든 병이 치유되는 만병통치약이라도 되는 것처럼 섣불리 현실에 끼워 맞추는 일이 생기는 것이다. 그러기에 적용 과정에서 예상하지 못한 부작용이 나오게 되면 마치 '불장난하다 화상을 입은 어린아이처럼' 다시는 곁에 가지 않게 되는 것이다. 비록 나는 아이와의 일화에 집중하느라 恕에 한정해서 이야기했지만, 곰곰이 생각해 보면 예수의 '사랑'도, 석가모니의 '자비'도, 나아가 '자유', '배려', '협력' 등도 모두 이와 마찬가지인 것 같다.

우리 학교 아이들뿐만 아니라, 현재 많은 청소년이 학교 현장과 공동체, 사회에 대한 공론·비판 활동을 진행하고 있다. 때때로 어떤 논의는 교사나 기성세대보다 훨씬 문제의 본질에 가까이 접근하기도 한다. 실제로 세월호 사건과 촛불 정국, 미투 운동 그리고 최근의 환경 관련 논의 때에 학생들이 쓴 대자보나 인터넷 게시 글, 자유 발언을 보면서 그들의 설득력 있는 주장에 놀라기도 했다.

　그러나 상당수의 글은 훌륭한 문제의식에서 시작했음에도 불구하고 결론에 다다를수록 교과서에서 배운 지식을 나열하거나 추상적인 해결책을 제시하는 것으로 흐지부지 끝나버린다. 비이성적이고 불합리해 보이는 사건을 접하게 되면 처음엔 강한 거부감과 저항감을 느끼며 용기 있게 접근하지만, 막상 복잡하게 얽힌 현실의 실타래와 마주하여 금방 동력을 잃어버리기 때문이다. 행여 그런데도 포기하지 않고 마무리까지 완벽하게 하더라도 그에 대한 사회, 학교, 교사, 또래 친구들의 부정적인 반응이나 무관심한 태도를 보면 아무것도 안 한 친구들보다 훨씬 더 쉽게 회의와 냉소에 빠지고, 그동안 했던 공부와 노력을 부정하게 되기도 한다.

　너무 멀리까지 왔다. 다시 처음으로 돌아가자. 知에 대해 회의를 느끼는 된 저 아이들에게 어떤 말을 해줘야 할까? 우선 나를 각기 찾아왔던 그 세 학생을 함께 부르겠다. 그리고 知가 인간이 자연으로부터 받은 선물이라고 말해주겠다. 새가 날 수 있는 능력을 선물로 받았듯, 물고기가 헤엄칠 수 있는 능력을 선물로 받았듯, 인간 또한 자연으로부터 知라는 능력, 주변에 있는 모든 것과 공동체를 이루며 살 수 있는 마음을 선물로 받았다고 말이다.

그러면서 아이에게 한번 돌아보라고 하겠다. 주변에 있는 생명체 중에 자연이 준 선물을 사용하지 않는 존재가 누구인 것 같으냐고. 물론 내가 원하는 대답은 '사람'이다. 모든 만물은 자연이 준 선물을 꺼내서 사용하지 않으면 반드시 죽고 만다. 그러나 유독 인간만은 자연이 준 선물은 꺼내 보지도 않고, 더 좋은 선물을 달라고 자연과 자신이 속한 공동체에 요구하고 투정을 부리는 유일한 존재이기 때문이다.

이런 질문을 아이들에게 던지는 이유는 어떤 철학자의 사상을 자연스레 활용하기 위함이다. 그 철학자는 항상 이런 말을 했다고 한다. 악한 행동을 했다고 벌을 받는 게 아니고, 착한 행동을 했다고 복을 받는 게 아니라고. 악한 행동을 하는 것 자체가 이미 벌을 받고 있는 것이고, 착한 행동을 하는 것 자체가 이미 복을 받고 있는 것이라고. 예전엔 이 말의 의미가 정확히 무엇인지 몰랐는데 생각해 보면 간단하다. 인간이 악한 행동을 한다는 건 자연이 준 최고의 선물을 꺼내 보지 않고 버려둔 것이기에 이미 벌을 받은 것과 같고, 착한 행동을 한다는 건 자연이 준 최고의 선물을 꺼내어 사용한 것이기에 이미 복을 받은 것과 같다는 것이다.

나는 이를 바탕으로 아이들에게 진심 어린 격려를 해줄 것이다. 선생님은 자연이 준 恕라는 선물을 사용한 너희들이 자랑스럽다고. 물론 이렇게 말하면 아이들은 동의하기보단 어이없어하며, 선물을 사용한 대가가 왜 주변의 비난과 무관심이냐고 되물을 것이다. 그러면 나는 다시 이렇게 답하겠다.

"스피노자가 이런 말을 했어. '모든 고귀한 것들은 힘들 뿐만 아니라, 드물다.'라고. 너희가 받은 想라는 선물도 똑같아. 자연으로부터 고귀한 선물을 받았기에 그 사용법을 제대로 익히려면 갖은 고생과 노력이 필요해. 어쩌면 죽을 때까지 그것을 제대로 다루지 못할 수도 있어. 그리고 비록 너희는 그 선물을 잘 다루게 되더라도 모든 사람이 그 선물의 가치를 제대로 이해한 것은 아니기에 시기나 질투, 비난이나 오해를 받을 수도 있고.

그런데 이상하지 않아? 그렇게 다루기 힘들고 외면받기 쉬운 선물인데도 불구하고 역사가 기억해 주고, 교과서가 기록해 주고, 선생님들이 알려준다는 게. 답은 간단해. 좋은 선물일수록 혼자 쓸 때보다 함께 나눌 때 훨씬 더 행복한 법이거든. 너희가 가진 선물이 정말 가치 있는 것이라면, 그리고 그 선물이 사실은 너희만 가진 것이 아니라 모두가 똑같이 가진 것이라면 사랑하는 가족, 친구, 이웃에게 나눠주고 소개해주고 싶잖아.

물론 그 과정에서 너희가 겪었던 것처럼 그들도 선물을 사용하는 과정에서 시행착오를 겪겠지. 그래도 그들 곁에 너희가 있으면 도와줄 수 있잖아. 공자나 예수, 석가모니는 모두 그 선물을 함께 나누는 삶의 본보기가 되어주셨던 분들이기에 몇천 년이 지난 지금까지 우리가 본받고자 노력하는 것이고. 이런 이유로 저분들은 생전에 적도 많았지만 그만큼 함께 하는 친구들도 많았던 거 아니겠어?

선생님이 이 순간 가장 행복한 게 뭔지 아니? 처음엔 너희가 따로 왔었잖아. 愿에 대한 고민을 각자 가지고. 그런데 지금은 어때? 이제는 적어도 너희 셋이 함께 愿라는 선물을 사용하기 위해 머리를 맞댈 수 있게 됐잖아. 선생님은 너희가 지금 느끼는 감정을 온몸에 잘 새겨두고, 서로가 서로에게 선물이 되는 삶을 살았으면 좋겠어."

"한 일생을 통해서만 보여줄 수 있는 길은 감히 짧지도, 간단하지도, 직선도 아닐 것이라는 생각이 드네요. 길이 직선이 아니니, 당연히 발꿈치를 아무리 들어도 먼발치 길의 끝에 무엇이 있는지가 절대 보이지 않죠. 직접 한 걸음 한 걸음 걸어야지만 그 길의 끝이 어디며, 무슨 길이었고, 어디로 이어지는지를 비로소 알게 되는 것 같아요.

사진 속 길도 분명 어디서 시작된 길이긴 할 텐데, 금세 나무 사이로 사라져 버리네요. 이 길을 우직하게 다 걸어본 사람만이 저 푸른 숲에 가려진, 보이지 않는 길 끝에 어떤 선물이 기다리고 있는지 알려줄 수 있겠죠."

[17]

어차피 각자도생(各自圖生)할 거라면

오늘의 좌우명 : 各自圖生

예상보다 수업이 일찍 끝나 아이들에게 쉬라고 하고 한가롭게 교실을 서성이고 있었다. 그런데 문득 칠판 구석에 적힌 저 각자도생[各自圖生 : 제각기 살아나갈 방도를 꾀함.]이 눈에 들어왔다. 나는 황당해서 아이들에게 물었다.

"너희들 각자도생이 무슨 뜻인지 아니? 저게 좌우명이야?"

그러자 한 아이가 웃으며 말했다.

"곧 있으면 2차 지필고사잖아요. 어차피 시험은 혼자 보는 거니깐요. 각자 살길 찾아야죠!"

그 말에 다른 아이들도 따라 웃었다. 그제야 저 좌우명에는 시험에 대한 나름의 해학과 풍자가 담겨 있음을 깨닫게 되었다. 그래서 나 역시 웃으며 동조해주었다.

"그래, 그 말도 일리가 있네. 공부는 혼자 하는 거니깐. 각자 열심히 해."

수업을 마치고 교무실로 돌아와서 방금 있었던 일을 동료 선생님들께 말했더니 다들 공감하며 한 마디씩 던졌다. 교수들이 뽑은 올해의 성어에도 '나라 전체가 각자도생'이란 표현이 있더라, 요즘 'ㅇㅇㅇㅇ 각자도생'이란 드라마가 인기더라, 아이들도 다른 성어는 몰라도 각자도생은 알더라, 교사인 우리도 저 말에 동의하는데 아이들이라고 다르겠냐 따위였다. 대수롭지 않게 꺼낸 말인데 선생님들의 이야기를 들으니 마음이 무거워졌다. 저성어가 적자생존(適者生存)이나 약육강식(弱肉強食)처럼 마치 시대정신이나 삶의 통찰이라도 되는 것처럼 아이들에게 받아들여져 이 사회가 가진 문제를 축소, 왜곡하게 되는 것은 아닐까 걱정됐기 때문이다.

각자도생의 출전을 찾아보면 그리 유쾌하지 않은 성어라는 사실을 단번에 알 수 있다.

평양의 싸움에서 패한 뒤에 왜적은 분한 김에 도성의 백성을 다 죽이고

서 물러갔는데 이제 또한 이런 일이 필시 있을 것이니, 동래 · 부산 · 김해 · 웅천의 백성들도 장차 살육의 환난에 걸릴 것이다. 그러니 미리 알려주어 **각자 살길을 도모할 것으로** 몰래 전파하여 (이하 생략) (선조실록 55권, 선조 27년 9월 6일 辛巳 5번째 기사)

백성 가운데 재산이 있는 자가 지극히 적은데 지금은 그것이 있는 집도 한결같이 영양실조에 걸려 몸을 보전할 수 없는 상황이니, 더구나 재산이 없는 백성들이야 어떻게 내년까지 도움을 받아 살아갈 수 있겠습니까? 처음에는 나물을 베어 먹고 풀뿌리를 캐어 먹으면서 시각을 연장시켰습니다만, 지금은 마을을 떠나 **각자 살길을 도모하고 있습니다.** 그리하여 어미는 자식을 버리고 남편은 아내와 결별하였으므로 길바닥에는 쓰러져 죽은 시체가 잇따르고, 떠도는 걸인들이 무리를 이루고 있습니다. (순조실록 12권, 순조 9년 12월 4일 己丑 1번째 기사)

이렇듯 각자도생은 전란과 흉년의 상황에서 국가와 사회로부터 어떠한 도움도 받지 못한 이들이 벼랑 끝에 몰렸을 때 하는 행동이다. 『순조실록』에 잘 나와 있듯 벼랑 끝에 몰린 사람들은 우선 살아야 하기에 인륜을 따질 겨를이 없다. 오히려 그 순간 각자도생은 하나의 무기이자 명분이 되어 또 다른 누군가를 각자도생의 삶으로 내몰리게 만든다. 그런 성어임에도 해학과 풍자를 담았다고 해서 좌우명으로 삼아도 좋은 것인지, 모두가 공감한다고 해서 드라마의 제목으로 써도 되는 것인지, 현시대가 각박하고 힘들다고 해서 비유로 사용해도 괜찮은 것인지 의문이 들었다.

그러다 보니 교사로서 아이들을 위해서 다소 억지스럽더라도 각자도생에서 새로운 가능성을 발견해야겠다고 생각했다. 나는 '각자'라는 말을 '홀로'라는 말로 살짝 바꾸어 인간이 홀로 되었을 때 느끼는 '고독(solitude)'과 '외로움(loneliness)'에 주목했다. 한나 아렌트는 『전체주의의 기원』에서 고독과 외로움에 대해 이렇게 말했다.

나는 고독 속에서 나 자신과 함께 있으며, 그러므로 한 사람 속에 두 사람이다. 반면 외로움 속에서 나는 다른 모든 타인에게 버림받고 실제로 혼자 있는 것이다.

우리는 일반적으로 고독과 외로움을 같은 어감으로 사용하지만 한나 아렌트는 달랐다. 고독은 홀로인 내가 내 안의 나와 대화를 나누는 시간이다. 처음엔 '왜 이렇게 사는 게 힘들지?'에서 시작해서 점차 '나 같은 사람이 왜 이렇게 많지?'를 지나 '그럼 어떻게 살아야지?'를 거쳐 '혼자서는 어찌할 수 없는 이 문제를 해결한 방법은 뭐지?'로 나아가며 끊임없이 내 안의 다양한 욕망과 의지를 가진 나와 대화를 주고받는 것이다. 물론 그 과정에서 해결책으로 비도덕적인 방법을 떠올릴 수도 있다. 그러나 내 안의 나는 그것이 다른 사람에게 피해를 주는 일이라며 반대한다. 그러면서 점차 한 사람으로서 내가 할 수 있는 최선을 모색해 간다. 곧, 고독한 인간이라야 나의 행동이나 행위가 미칠 영향을 사유할 수 있는 것이다.

반면에 외로움은 홀로인 내가 껍데기로 존재할 뿐 내 안에 내가 없다. 처음엔 타자에게 버려지지만, 점차 자기 자신에게도 버림받는 상태가 되는 것이다. 그러니 나와의 대화가 불가능하다. 이로 인해 버림받았다는 상실감과 무용감을 느끼게 되고, 어떤 문제 상황이 닥치면 주관 없이 그저 외부의 누군가가 그럴싸한 해답을 주기만을 바란다. 그렇기에 외로운 인간은 자신의 삶을 스스로 도모할 수 없다. 그저 현실에서 도피하거나 책임을 남에게 떠넘길 따름이다. 이들은 불행히도 사유할 수 없기에 별거 아닌 편견과 선동에도 쉽게 넘어간다.

한나 아렌트는 이것이 전체주의 시대 나치 독일이 대중들을 세뇌했던 방법이라고 했다. 인간에게서 홀로 있는 고독의 시간과 장소를 빼앗아 그들이 사유를 통해 현실 문제를 인식하고 변화시킬 여지를 제거하는 것이다. 대신에 투명한 유리 벽으로 된 방을 겹겹이 붙여놓고 한 명씩 집어넣어 그들이 무리 속에 있으나 사실은 고립되어 있다는 것을 자각하지 못하게 만들고, 인간다운 삶도 살 수 없게 하는 것이다. 그리고 그 사유할 수 없게 된 외로운 사람들에게 전체주의는 '약육강식', '적자생존'이란 이데올로기를 주입한다. 그다음에 벌어진 일들은 모두가 알고 있듯 역사상 유례를 찾을 수 없는 참상이었다.

그렇게 본다면 각자도생은 두 가지로 해석이 가능하다. '홀로 고독하게 삶을 스스로 도모하다.'와 '홀로 외롭게 삶을 남에게 도모 당하다.'로 말이다. 그렇다면 우리는 '고독한 각자도생'과 '외로운 각자도생' 중 어떤 것을 선택하고 실행해야 할지 너무나도 자명하다. 역사 속 인물들이 이미 저 '고독한 각자도생'을 실천했다.

소크라테스는 청년들에게 "너 자신을 아는가?"라는 질문을 던지기 전에 먼저 홀로 고독하게 앉아 그 질문을 자신에게 던졌다고 한다. 스스로 납득할 만한 답을 하지 못하면서 감히 청년들에게 그것을 물을 수는 없었기 때문이다. 공자도 홀로 고독을 즐기며 자신의 삶을 끊임없이 성찰했기에 "덕이 있는 사람은 외롭지 않다. 반드시 이웃이 있다.[德不孤, 必有隣. : 덕불고 필유린]"라고 말할 수 있었다. 아울러 고독을 삶의 일부라 여기는 태도를 제자들이 본받았기에 지금까지 '홀로 있을 때 더욱 삼간다.[愼獨 : 신독]'라는 말이 전해지는 것이다.

이뿐만이 아니다. 니체는 요양차 머물던 스위스의 실스 마리아 숲에서 홀로 고독을 즐겼기에 『차라투스트라는 이렇게 말했다』의 영감을 얻을 수 있었고, 고흐는 생레미 드 프로방스에서 마음의 병을 치료할 때 홀로 고독하게 밤하늘에 뜬 별을 봤기에 〈별이 빛나는 밤〉이라는 명작을 그릴 수 있었다.

한 걸음 더 나아가 북송 시대 주돈이는 홀로 고독하게 지내며 끊임없이 자신과 자연의 공통된 원리를 고민했기에 마당 가득한 잡초를 왜 베지 않느냐는 제자들의 말에 "저 풀도 내 마음과 같지 않겠느냐?[如自家意思一般 : 여자가의사일반]"라며 풀과도 우정을 나눌 수 있었고, 마르크스는 끊임없는 망명에도 아랑곳하지 않고 고독하게 노동력이 거래되는 현장과 합법적으로 이뤄지는 약탈에 주목했기에 '상황에 따라서는 기계가 노동자의 적이 아니라, 친구가 될 수 있다.'라는 가능성을 볼 수 있었던 것이다.

생각이 여기까지 이르자 각자도생을 좌우명으로 삼아도 될 것 같았다. 남은 건 이걸 어떻게 아이들이 이해하기 쉽도록 전달하냐였다. 마침 우연히도 다음 시간에 가르칠 시가 왕유의「대숲의 별관에서」라는 게 떠올랐다.

竹里館(죽리관) 대숲의 별관에서

獨坐幽篁裏(독좌유황리) 홀로 그윽한 대숲에 앉아
彈琴復長嘯(탄금부장소) 거문고 타다가 다시 길게 휘파람 불어본다.

深林人不知(심림인부지) 숲이 깊어 사람들은 알지 못하지만

明月來相照(명월내상조) 밝은 달이 찾아와 비춘다.

보다시피 시의 첫 글자가 '獨(홀로 독)'이다. 그동안은 이 시를 수업할 때 獨을 군이 자세하게 설명하지 않았었다. 그런데 각자도생 덕분에 홀로의 의미를 고심하다 보니 시의 느낌이 더욱 선명하게 다가왔다. 이전에는 이 시를 수업하면 아이들은 왜 교과서에 적힌 시의 주제가 '속세를 벗어난 자연 속의 그윽한 정취'인지 이해하지 못했었다. 홀로라는 말이 가진 부정적 이미지, 사람들이 찾아오지 않는 외딴곳이 주는 쓸쓸한 정서, 그저 달만이 나를 비춰준다는 외로운 상황이 뒤섞여 그윽한 정취에 공감하지 못하는 듯했다. 이건 나도 마찬가지여서 각 구 해석은 어렵지 않으나 주제에 걸맞은 전체적인 맥락이 매끄럽게 연결되지 않았었다. 그런데 저 獨을 한나 아렌트가 말했던 고독의 정의에 비추어 바라보니 왕유가 어떤 기분으로 이 시를 썼을지 어렴풋이 짐작되었다.

왕유는 아무도 찾아오지 않는 깊숙한 대숲 별장에 자리를 잡고 홀로 고독을 즐기며 지냈다. 그러던 어느 날 밤 그는 마루에 앉아 여느 때처럼 바람에 나부끼는 대나무 소리를 들으며 사색에 잠겼다. 그러다 문득 이 자연의 소리에 동참하고 싶어 거문고를 꺼냈다. 그런데 몇 번 줄을 퉁기다 보니

거문고 소리가 매우 인위적이라는 생각이 들었다. 그래서 거문고를 던져두고 자신이 낼 수 있는 가장 자연스러운 소리인 휘파람을 불기 시작했다. 그만큼 자연과 하나 되고 싶다는 마음이 간절했던 것이다. 물아일체의 경지에 도달하는 것이야말로 그가 속세를 떠나 자연 속에 묻혀 홀로 고독하게 살아가는 이유였다.

한참 휘파람을 불던 왕유는 내심 초조했다. 이런 노력에도 불구하고 자연과 하나 되었는지 확신이 없어서였다. 바로 그때 왕유는 아무도 찾아오지 않는 이곳에 누군가 방문했음을 직감하고 주변을 살피다가 땅바닥을 보게 되었다. 거기에는 사람 형상을 한 달그림자가 있었다. 그 순간 왕유는 말로 형용할 수 없는 기쁨을 느꼈다. 달이 자기를 자연의 일부로, 다시 말해 벗으로 인정하여 찾아와주었다고 생각했기 때문이다. 그 짜릿한 감동을 주체할 수 없어 쓴 시가 지금까지 명작으로 전해지는 「대숲의 별관에서」인 것이다. 이렇게 보면 왕유도 외로운 각자도생이 아닌, 고독한 각자도생의 길을 걸었기에 무엇과도 바꿀 수 없는 기쁨을 맛볼 수 있었다.

우리 아이들도 마찬가지다. 현재 한국 사회가 아이들의 자아실현보다 입시와 취업을 더 중시하고 있음은 부정할 수 없다. 이로 인해 많은 아이가 정말 하고 싶은 공부, 삶을 위한 공부 대신 입시와 취업에 유리한 공부를 하고 있다. 이럴수록 우리 어른들이 나서야 한다. 아이들이 홀로라는 상황에 외로움을 느끼며 나라는 존재를 외부에 내맡기지 않도록 도와줘야 한다. 이와 더불어 아이들이 고독을 통해 끊임없이 사유하고 주변과 관계 맺음을 시도함으로써 그동안 경험해 보지 못한 삶의 깨달음과 행복을 얻어 한 명의 주체적인 인간으로 독립할 수 있도록 일깨워줘야 한다.

이 고독한 각자도생의 길을 긍정하는 아이들은 반드시 새로운 친구들을 사귀게 될 것이다. 살아 있는 사람과도, 역사와 작품 속 인물과도, 동물과 기계와도, 별과 달과도, 자연 안의 그 무엇과도 말이다. 이로써 각자도생이 공존도생(共存圖生)으로 나아가는 것이다.

이에 나는 아이들에게 이 시를 가르치면 수업 끝에 이 말만은 꼭 해줘야겠다고 마음먹었다.

"어차피 각자도생할 거라면, 이왕이면 왕유처럼 고독한 각자도생을 하렴. 그래야만 너희들의 삶이 더욱더 행복할 것이고, 그제야 그동안 만나지 못했던 진정한 친구들을 사귀게 될 테니까."

"한겨울 아주 늦은 시간에 꼭 속초에 있는 설악산 울산 바위를 방문해 보세요. 멀리 있는 나뭇가지 부러지는 소리까지 귀에 들릴 만큼 적막하기 짝이 없는 고요의 순간을 느낄 수 있습니다. 시간이 흐르고 눈이 서서히 어둠에 익숙해지면, 그제야 별빛에 반사된 눈 덮인 울산 바위가 거대한 모습을 조금씩 드러내기 시작합니다. 주변이 어찌나 고요한지 차량의 불빛이 점멸하는 소리가 다 들리고, 입고 간 패딩에서 나는 부스럭거리는 소리가 마치 산에 대한 실례처럼 느껴집니다. 그 침묵의 순간, 혼자라는 사실이 참으로 고독하고 무서우면서도, 나조차 모든 움직임을 멈출 때 비로소 이 자연과 하나가 되었다는 느낌을 경험할 수 있습니다."

[18]

혼자가 아닌, 함께

〈한문교육〉에 처음 글을 쓴 것이 2017년 봄이었다. 대학 시절부터 존경했던 선배가 수업 사례 관련한 토막글을 부탁했는데 무식하면 용감하다고 나는 이달의 시 「무덤에서 제사 지내는 노래」를 주제로 얼토당토않은 글을 5장이나 써서 줬었다. 그럼에도 선배는 철없는 후배를 나무라지 않고 오히려 마음껏 뛰어놀 수 있도록 너른 마당을 마련해주었다. 그게 인연이 되어 지금까지 기고를 하고 있다. 비록 글을 잘 쓰지는 못하지만, 지금껏 소재가 부족하단 이유로 약속한 원고 기한을 어긴 적은 없었다. 그만큼 학교 현장에서 아이들과 함께 한문 수업하고 부대껴 생활하다 보면 '보아도 보지 못하고, 들어도 듣지 못하며[視而不見, 聽而不聞 : 시이불견 청이불문]' 대충 넘겼던 일들이 넘쳐났기 때문이다. 그걸 통찰력 있게 풀어내지 못하는 게 한스러울 뿐이었다.

그런데 〈한문교육〉 이번 호를 준비할 때는 달랐다. 선배와 약속한 기한이 다가옴에도 도무지 무얼 써야 할지 감이 오지 않았다. 쓰고 싶었던 주제가 전혀 없었던 것은 아니었다. 그러나 아직 때가 무르익지 않았다는 느낌이 들었다. 여전히 교육 현장이 코로나19로 고통받는 상황에서 원래 쓰고자 했던 주제는 지나치게 이상적이고, 현실의 문제와 동떨어져 있었던 것이다. 아니 좀 더 솔직히 고백하자면 주제가 현실과 동떨어져 있었던 것이 아니라, 어느새 내가 학교 현장과 이 사회에서 '홍수에도 하염없이 연인을 기다리다 익사한 어리석은 미생(尾生)'처럼, '칼이 강에 떨어지자 그 떨어진 자리를 배에 표시해놓은 미련한 사람'처럼, '그루터기에 앉아 토끼를 기다리던 철없는 농부'처럼 현실에 발맞추지 못하고 동떨어져 있었다.

얼마 전까진 비대면 쌍방향 온라인 수업이 실현 가능하냐며 볼멘소리를 하던 선생님들이 앞다퉈 영상 장비와 태블릿PC를 활용하여 교육 당국의 요구와 시대의 변화에 빠르게 적응하는 모습을 보이고 있으며, 교사와 학생 간의 소통도 실제 만남과 목소리보단 화면과 채팅을 통해 이뤄지는 일들이 당연하게 받아들여지고 있다. 이뿐만 아니라 코로나19 전에는 쉽게 접할 수 없었던 '언택트'나 '온택트', '홈트족', '코로나 블루' 같은 단어들이 일상 곳곳을 채우고, 우리의 일상이 원래부터 '비대면' 내지 '혼자'를 지향했던 것 같은 분위기가 만연하다.

물론 이런 발 빠른 변화가 있었기에 전 세계가 코로나19로 고통받는 상황에서도 상대적으로 우리나라는 '코로나 청정국' 또는 'K-방역'이란 좋은 평가를 받을 수 있었다는 것을 부정하지는 않는다. 또한 이런 위기 속에서도 학생들의 학습 결손을 최소화하기 위해 최단기간에 온라인 수업 환경을 구축한 것은 우리나라가 얼마나 교육에의 의지가 강한지를 증명한 좋은 사례라는 점에도 동의한다. 그러나 이런 상황에 적응하지 못하거나, 이질감을 느끼는 사람들을 구시대적이거나 변화에 둔감한 사람으로 치부하는 것에는 완강히 거부한다. 또한 이번 코로나19를 14세기 유럽에서 발생했던 페스트나 조선 시대 창궐했던 역병과 동일시하거나 심지어 임진왜란과 비교하는 행태에 대해서는 극렬히 반대한다. 왜 그런가?

나는 코로나19는 앞서 말한 세계사적 비극들과 같은 계보, 동일한 역사적 선상에서 다룰 사건이 아니라고 보기 때문이다. 저 비극적인 사건들은 그 원인이 전염병이든, 외세의 침입이든 고통스러운 상황을 타개할 궁극적인 해법은 생태계에 있는 모든 존재들의 '함께'와 '상호부조[相互扶助 : 구성원들이 서로 돕다.]'뿐임을 되새기게 해줬다. 반면 코로나19는 반대로 이 문제를 해결할 방법은 '거리두기'와 '혼자'뿐이라는 환상을 주입했다. 마치 인간은 태초부터 주변의 도움 없이 혼자서도 충분히 잘 살아낼 수 있다는 것처럼 말이다. 그러면서 교묘하게 진짜 하고 싶은 말은 감춘다.

"당신은 혼자서도 충분히 집에서 물건도 사고, 운동도 하고, 여가도 즐기며, 행복하게 살 수 있습니다. 단, 돈만 있다면 말입니다."

결국 이 시대가 강조하고 있는 '혼자'는 결코 우리가 알던 '혼자'가 아니다. 주변에 아무도 없어도 돈은 함께 있어야 누릴 수 있는 '혼자'인 것이다. 과거의 '혼자'는 삶의 가장 밑바닥에 놓인 이들의 서글픈 자화상이자 함께 극복해야 할 무엇이었다면, 현재의 '혼자'는 돈과 함께할 수 있는 사람들이 가질 권리가 되어버린 것이다. 만약 돈이 없다면 혼자로서 존재하는 것도 용납되지 않는, 이전에는 볼 수 없었던 전무후무한 시대를 우리는 살아가고 있는 것이다. 지나친 비약이라고 할 수 있지만 실제로 자가 격리가 한창이던 시기에 중증장애인, 독거노인, 동성애자, 미취업 여성, 이주노동자, 거리 노숙자들처럼 가장 낮은 곳에 있던 사람들부터 처참한 상황에 놓이지 않았던가? 다만 각종 언론매체에서 이를 제대로 조명하지 않고 오히려 감염 전파자로 낙인찍었을 뿐.

나는 고병권 철학자가 신문 칼럼에서 "삶이 가장 축소된 순간에도 우리는 혼자가 아니며 혼자여서는 안 된다는 것 말이다. 혼자는 삶의 단위가 아니다. 삶의 최소 단위는 함께이며, 작은 함께가 모여 큰 함께를 이루는 것이다.(고병권, 『묵묵』)"라고 한 말에 십분 공감한다. 그리고 이것이 현 상황에서 한문 교사들이 추구해야 할 목표라고 감히 말하고 싶다. 비록 수업 시간에 미생지신(尾生之信)과 수주대토(守株待兎)를 설명하며 "미생과 농부는 어리석고 시대착오적 인물들이다."라고 비판했던 것을 나 스스로 번복하는 한

이 있더라도 지금 이 시대가 말하는 '혼자'는 과거부터 이어져 온 '혼자'와는 매우 다른 것임을 알려줘야 할 의무가 있다고 생각한다.

특히 저 미생지신과 수주대토, 각주구검(刻舟求劍) 같은 성어는 모두가 행복한 세상을 만들기 위해 평생을 바쳤던 성현들이 세상의 이치를 있는 그대로 보여주기 위해 만든 것이 아니라, 춘추전국시대 권모술수에 능한 유세가[遊說家 : 왕에게 자신의 이론을 설득시켜 정국을 좌지우지한 정치인]들이 이익과 편의, 논증과 회유를 위해 인위적으로 만들었다는 사실을 분명히 짚어줘야 한다. 그래야 우리 아이들도 세상이 하나 같이 '언택트'와 '혼자'를 외칠 때, 그 안에서 '함께'를 떠올리고, 소외당하는 '이웃'과 '동물'을 떠올리고, 거머리처럼 따라붙은 '돈'과 '이익'을 떠올리지 않겠는가?

이에 초심으로 돌아가 다시 「무덤에서 제사 지내는 노래」를 읽고자 한다. 내가 처음 기고했던 〈한문교육〉 94호에선 이 시를 통해 임진왜란의 역경 속에서도 삶에의 의지를 갖고 긍정적으로 살아가는 것에 대해 말하고자 했다. 그러나 이제는 더더욱 시 속 '扶(도울 부)'에 방점을 찍고자 한다. 아이가 할아버지를 부축했듯, 할아버지가 아이를 안아주고, 그 곁에 강아지들이 함께 꼬리를 흔드는 장면이야말로 이 세상의 가장 자연스러운 모습임을, 할아버지가 아이를 살리듯 아이도 할아버지를 살리고, 누렁이가 흰둥이를 따라가듯 흰둥이도 누렁이를 따라가는 것이 돈으로도 살 수 없는 '함께'의 가치임을 천명하고자 한다.

이런 다짐을 하며 〈한문교육〉 94호를 다시 훑어보는데 진도 팽목항이 담긴 표지 사진과 신표섭 선생님께서 기고하신 시가 눈에 들어왔다. 신표섭 선생님께선 2017년 당시 상황을 설명하며 '구중궁궐에 숨어 혼밥을 하던 분이'라는 표현을 썼다. 그렇다. 2017년까지도 우리에게 '구중궁궐에 숨어 먹는 혼밥'은 일상적인 모습이 아니었다. 예로부터 우리는 환과고독[鰥寡孤獨 : 홀아비, 과부, 부모 없는 고아, 자식 없는 노인]의 혼밥은 안타까워하면서도, 돈과 권력을 좌지우지하는 독부[獨夫 : 포악한 군주]의 혼밥만큼은 절대 용납하지 않았었다. 이 사실을 모두가 잊지 않았으면 한다.

마지막으로 한 장의 사진과 글을 소개하고자 한다. 코로나19 이후 교무실 책상에 붙여놓고 마음이 흔들릴 때마다 보는 사진이다.

Holland House Library,
London-september,
1940

알베르토 망구엘의 『독서의 역사』에 실린 런던 대공습 당시 폭격을 당한 서점의 사진이다. 알베르토 망구엘은 이 사진에 대해 다음과 같이 말했다.

제 2차 세계대전 당시인 1940년, 런던이 폭격을 당하던 와중에 찍은 이 사진은 처참하게 무너져 내린 서점의 형해(形骸)를 보여준다. 부서진 지붕으로는 바깥의 유령 같은 건물들이 보이고 가게의 중앙은 무너진 대들보와 가구들이 더미를 이루고 있다. 그런데도 벽의 서가는 단단하게 고정되어 있고 책도 파손되지 않은 채 그대로이다. 그 폐허 속에 남자 세 명이 서 있다. 어떤 책을 선택할까 망설이는 듯한 한 남자는 책의 제목들을 살피고 있고, 안경을 쓴 다른 한 사람은 책 한 권을 뽑으려고 손을 내뻗고 있다. 세 번째 남자는 두 손에 책을 펼쳐 들고 읽고 있다. 그들은 전쟁에 등을 돌리거나 파괴를 외면하지는 않는다. 바깥의 삶을 버리고 책을 선택하고 있는 것이 아니다. 그들은 너무도 이상하게 닥쳐온 현실을 버텨 내려고 안간힘을 쓰고 있다. 그들은 질문을 던질 권리를 주장하고 있다. 폐허 한가운데서도, 가끔 독서만이 가능하게 하는 그 놀랄 만한 인식력으로 그들은 다시 한번 이해를 구하려고 시도하고 있다. [알베르토 망구엘, 『독서의 역사』(세종서적, 2000, p.439)]

예전에는 나 역시 알베르토 망구엘처럼 공포와 불확실함으로 가득 찬 전쟁터 속에서도 '현실을 버텨 내려고 안간힘 쓰는 인간의 놀라운 인식력'에 감탄하며 이 사진을 봤다. 그러나 지금은 생각이 조금 바뀌었다. 오히려 '그 폐허 속에 세 명이 서 있다.'라는 것이 더 중요하게 다가온다. 혼자가 아닌 함께라는 것, 좌절하고 낙담하여 죽고 싶은 상황 속에서도 어떻게든 살아내려고 안간힘 쓰고 있는 사람이 자기 혼자만은 아니라는 것, 어쩌면 이들과 함께 머리를 맞대고 소매를 걷어붙인다면 최악의 상황도 극복해 낼 수 있을 것 같다는 것, 이것이야말로 인간이 가진 그 놀라운 인식력이란 열매가 무르익는데 필요한 가장 탄탄한 뿌리가 아닐까?

"태안의 신두리 해안 사구라는 모래 언덕에서 찍은 사진입니다. 나중에 직접

가보시면 아시겠지만 정말 황량하고 드넓은 곳입니다. 바다가 끝나는 곳부터

저렇게 넓게 모래사막이 있다 보니 무척 이국적인 느낌도 들어요.

걷다 보면 이 황량한 곳에 웬 소 두세 마리가 덩그러니 풀을 뜯고 있는 걸 발견

할 수 있는데, 이 소는 태안군에서 직접 방목하고 있다고 합니다. 이제는 사라

지려 하는 소똥구리의 생태계를 복원하기 위해서라고 해요. 이 사진을 찍을 때

만 하더라도 '웬 소가 이렇게 넓고 황량한 곳에 외롭게 있지?'라고 생각했는데,

멸종 위기에 처한 쇠똥구리와 '함께'의 삶을 만들기 위해서였습니다. 사람은 딱

아는 만큼만 보이고, 보이는 만큼까지만 이해하는 것 같습니다."

에필로그

솟아나는 샘물을 마시기를 원하네

초고가 마무리되어 갈수록 설렘보단 걱정이 컸다. 아무도 궁금해하지 않는 사적인 이야기들을 왜 굳이 책으로 엮었냐는 핀잔, 제대로 공부도 안 해본 사람이 남의 말 조금 인용했다고 인정받을 수 있을 것 같냐는 비난, 모든 아이가 당신 덕분에 성장한 것처럼 썼지만 자기만족 그 이상도 이하도 아니라는 힐난이 있을까 봐서였다.

그러다 보니 주변 친한 선생님이나 지인들에게 초고를 보내 조심스레 소감을 묻곤 했다. 혹여라도 걱정했던 부분이 사실이라면 당장 출간을 포기할 심사였다. 하지만 주변 분들은 내가 어떤 사람인지 잘 아는 터라 글에 대한 비판과 충고보단 전폭적인 지지와 응원을 해주었다. 그런 반응을 보자 한편으론 안심이 되면서도 다른 한편으론 더더욱 내가 쓴 글에 대한 확신이 떨어졌다. 그때 마침 류재숙 선생님이 생각났다.

예전에 니체, 스피노자, 푸코 세미나를 함께했던 류재숙 선생님은『둥글둥글 지구촌 협동조합 이야기』,『행복한 생명』등 아이들의 삶에 도움이 되는 책을 여러 권 출간했으며, 현재는 '수유너머104'에서 연구원으로 활발하게 활동하고 계신 분이다. 그는 내가 한창 방황하다 우연한 계기로 인문학 공동체에 발을 들였을 때 진심으로 환대해줬고, 세미나가 끝날 때 반드시 써야 하는 에세이도 꼼꼼하게 검토한 뒤에 잘된 부분과 미흡한 부분을 정확히 짚어줬었다. 이에 나는 조심스럽게 연락을 드렸고, 선생님께선 흔쾌히 만나자고 하셨다.

선생님께선 오랜만에 만났음에도 반갑게 맞아주셨다. 나는 그동안 쓴 초고를 드리며 책을 쓰겠다고 마음먹은 이유, 걱정되는 부분, 출간에 필요한 절차 등을 여쭤봤다. 아울러 교사로서 가지고 있는 고민도 진솔하게 털어놨다. 그러자 선생님께선 최근에 듣게 된 인상 깊었던 일화 하나를 소개해 주셨다.

"정년을 눈앞에 둔 노교수가 있었어요. 그는 전공한 학문 분야에서 큰 업적을 이뤘고 명망도 높았던 분이었다고 해요. 그런데 그 노교수가 학부생 강의를 위해 책을 읽고 있는 것을 보고, 그의 제자이기도 한 젊은 교수가 물었대요. '선생님. 아직도 더 연구해야 할 무엇이 있습니까?' 그러자 노교수가 이렇게 말했다네요. '나는 내 제자들이 고여 있는 물이 아니라, 솟아나는 샘물을 마시길 원하네.'라고."

아마도 선생님께선 이 일화를 통해 나의 글쓰기가 단순히 자기만족과 인정욕구 때문만은 아닐 것임을, 분명 내 안에 있는 아이들에 대한 사랑과 교사로서의 사명감이 나를 글쓰기로 인도했을 것임을 알려주며 자신감을 북돋아 주려고 하셨던 것 같다. 또한 이런 마음 변치 말고 끊임없이 새로운 것을 배우며 글쓰기를 지속하라는 충고도 함께 해주고 싶으셨던 것 같다.

선생님과의 뜻깊은 만남을 뒤로하고 집으로 돌아오는 버스 안에서 끊임없이 "나는 내 제자들이 고여 있는 물이 아니라, 솟아나는 샘물을 마시길 원하네."라는 말을 곱씹었다. 사실 이 말을 들었을 때부터 머릿속에 떠오르는 『맹자』 구절 하나가 있었다.

제자인 서자(徐子)가 맹자에게 물었다.

"공자님께서 자주 물을 칭찬하시어 '물이여, 물이여.' 하셨으니, 무엇을 물에서 취하신 것입니까?"

맹자가 말씀하시길

"근원이 좋은 샘물은 철철 넘쳐서 밤낮을 쉬지 않고 흘러, 구덩이를 만나면 구덩이를 다 채운 뒤에야 앞으로 나아가서 큰 바다에 이른다네. 근본이 있다는 것이 이와 같으니 공자께서 이를 높이 사신 것일세. (『孟子』「離婁 下 18」徐子曰 仲尼亟稱於水曰 水哉水哉! 何取於水也. 原泉混混, 不舍晝夜, 盈科而後進, 放乎四海. 有本者如是, 是之取爾.)"

공자께서 물을 칭찬하신 이유가 무엇 때문인지를 묻는 제자에게 맹자는 작은 시냇물이 수많은 구덩이를 채우고 바다까지 흘러갈 수 있는 까닭은 깊은 산속 옹달샘이 있어서라고 말한다. 비록 아무도 관심 두지 않는 그윽한 골짜기에 자리 잡고 있지만, 한순간도 멈추지 않고 끊임없이 솟아나기에 온 대지를 적실 수 있었던 것이니, 우리도 이런 물의 특성을 본받아 행실이나 학문에 근본이 있는 사람이 되어야 한다는 것이다. 그렇지 않고 한때의 명예와 작은 성과에 안주한다면 쉽게 밑바닥이 드러나기 때문이다. 맹자는 이런 근본이 없는 사람을 '고인 물'에 비유했다.

"만일 근본이 없다면 7, 8월 사이에 빗물이 모여서 도랑이 모두 가득 차지만, 그것이 마르는 것은 서서도 기다릴 수 있네. (『孟子』「離婁 下 18」苟爲無本, 七八月之間, 雨集, 溝澮皆盈, 其涸也, 可立而待也.)"

저 노교수의 일화는 공자와 맹자가 그랬던 것처럼, 근본 있는 사람으로 사는 삶이 어떠해야 하는지를 여실히 보여주고 있다. 이미 많은 업적을 이뤘고 조만간 명예로운 은퇴도 앞두고 있지만, 자신은 마지막 순간까지 학생들 앞에 서는 교육자이기에 맡은 바 임무를 성실히 다할 뿐 다른 어떤 것도 중요치 않다는 것이다.

그렇게 본다면 나 또한 저분들을 본받아 내 글이 사람들에게 어떤 평가를 받을지 걱정하기보단 내가 정말 끊임없이 철철 솟아나는 샘물처럼 근본이 있는 사람이 되고자 노력하고 있는지, 아이들을 사랑하고 기쁜 일과 슬픈 일을 함께 나누며 살아갈 의지가 있는 교사인지를 돌아보면 될 뿐이란 생각이 들었다.

물론 말이 쉽지, 행동으로 옮기기는 매우 어려운 일임을 누구보다 잘 알고 있다. 그렇기에 지금 이후로도 꾸준히 교육 현장에서 아이들과 줄탁동시[啐啄同時 : 교사와 제자가 서로 합심하여 일이 잘 이루어지는 것을 비유] 하며 삶에서 배우고 느낀 바를 말하고 글로 써서, 나도 모르게 고인 물이 되려 할 때마다 경계하고자 한다.

정말 감사하게도 현재 내가 근무하는 한민고등학교에는 저 노교수와 같은 분들이 많아서 큰 자극이 된다. 얼마 전에도 졸업식 날 바다로 흘러가는 아이들을 배웅하는 3학년 담임 선생님들 그리고 종업식 날 구덩이를 채우고 앞으로 나아가는 아이들과 헤어지는 1, 2학년 담임 선생님들의 눈에서 솟아나는 샘물을 보았다.

정들었던 아이들을 떠나보내야 한다는 아쉬움에 주체하지 못하고 흐르는 저 눈물이야말로 교사가 만들어낼 수 있는 최고의 샘물이 아니고 무엇이겠는가! 앞으로도 저 샘물이 마르지 않기를 그리고 나의 삶을 말하고, 삶을 쓰는 일도 그치지 않기를.

"처음 사진기를 들고 전국 곳곳을 다니기 시작했을 때 방문한 도비도항이라는 정말 작고 잘 알려지지 않은 항구입니다. 원래는 바다 위의 섬들을 찍을 요량으로 찾은 것이었는데, 해무가 너무 심해서 결국 허사가 되었죠.

그렇게 허탈하게 돌아가던 제 눈에 들어왔던 풍경입니다. 안개가 얼마나 짙든 간에 배는 배대로 부부는 또 부부대로 원래 하기로 되어 있는 일을 묵묵히 하고 있었어요. 그 모습이 초라한 저와는 무척 대조되어 인상 깊었습니다. 선생님께서도 다른 것 생각하지 마시고 제자를 위한 샘물을 계속 솟게 하십시오. 그게 글이든, 수업이든, 안개가 짙든, 가뭄이 들든."

디자인에 도움을 준 고마운 학생들

표지 및 기타 디자인(6명) : 김나윤, 김주희, 김지안, 이홍윤, 정세윤, 홍윤희